RAZONES SANGRIENTAS

Matar A Un Hombre Libro 1

STUART G. YATES

Traducido por

NERIO BRACHO

Derechos de autor (C) 2021 Stuart G. Yates

Diseño de Presentación y Derechos de autor (C) 2021 por Next Chapter

Publicado en 2021 por Next Chapter

Arte de la portada por CoverMint

Editado por Santiago Machain

Este libro es un trabajo de ficción. Los nombres, personajes, lugares e incidentes son producto de la imaginación del autor o se usan de manera ficticia. Cualquier parecido con eventos reales, locales o personas, vivas o muertas, es pura coincidencia.

Todos los derechos reservados. No se puede reproducir ni transmitir ninguna parte de este libro de ninguna forma ni por ningún medio, electrónico o mecánico, incluidas fotocopias, grabaciones o cualquier sistema de almacenamiento y recuperación de información, sin el permiso del autor.

"La forma más fácil de matar a un hombre es que se corra la voz de que retrocede cuando alguien cree que tiene la ventaja"
Frase atribuida a Bat Masterson, famoso pistolero y representante de la ley
"Pero Masterson siempre estuvo lleno de... ovejas con piel de cordero".
Hablado en los Libros de John Bernard de la película "The Shootist".

Para los buenos amigos, que he conocido a lo largo del camino
y a Janice por mostrarme la dirección correcta

CAPÍTULO UNO

—¿Qué demonios es esto?

Los dos hombres estaban sentados a horcajadas sobre sus caballos, caballos que se negaban a acercarse más, a pesar de sus vanos esfuerzos, que incluían gritos, patadas y bofetadas. Frustrados, los dos hombres se rindieron.

Frente a ellos, a no más de veinte pasos de distancia, se encontraba la pequeña taberna. Una prostituta de cabello negro brillante estaba afuera. Sus faldas estaban subidas para revelar un muslo bien musculoso, un pie con su bota apoyado en un pequeño taburete mientras frotaba aceite de oliva en su piel. Se echó el cabello hacia atrás y sonrió en su dirección.

—Esa es su mujer, —dijo el mexicano, pateando los flancos de su caballo por última vez. El animal todavía se negó a moverse.

—Maldita sea, dime si no es ella la maldita cosa más linda que he visto en un mes los domingos, babeó el hombre al lado del mexicano. Se chupó los dientes. "¿Qué edad dirías que tiene?"

—No lo sé, tal vez cuarenta. Pero si intentas algo con ella, él te matará.

—Lo intentará.

—Si está dentro, te matará.

—Bueno, eso lo veremos, ¿no?

El hombre se desmontó de la silla y se dejó caer al suelo. Con las manos en las caderas, estiró la espalda, el largo abrigo gris colgando abierto para revelar dos revólveres en su cinturón, las culatas apuntando hacia adentro. Intentó sonreír con la boca ancha en su dirección y ella se mantuvo erguida, con las manos en las caderas en una burlona imitación de él, con la pelvis empujando provocativamente hacia adelante. Él se rio. "Mira, ella está coqueteando conmigo, Sánchez".

—Ella te está tomando por tonto, Root.

—Nah. Creo que le gusta lo que ve.

Root giró los hombros y caminó con indiferencia hacia ella, tomándose su tiempo, sacando una pequeña bolsa de algodón del bolsillo derecho de su chaleco. Del otro, sacó un papel de fumar, espolvoreo tabaco de la bolsa a lo largo del papel, cerró la bolsa con los dientes y la guardó. Pasando su lengua por el borde del papel, lo envolvió expertamente y con fuerza y lo metió en la esquina de su boca. Al llegar a la taberna, subió a la crujiente y destartalada terraza y miró directamente a los ojos negros y humeantes de ella.

—Madre mía, si que eres bonita.

—*Gracias*, —dijo ella.

—¿Cuál es tu nombre

—María.

—Sí... por supuesto que si.

Sacó una cerilla larga de algún lugar entre los pliegues de su falda y pasó la cabeza de la misma por la pared adyacente a la puerta abierta. Encendió. Protegiendo la llama ahuecando las manos, se la ofreció, y Root obedeció, inclinándose hacia ella y encendiendo su cigarrillo. Inhaló profundamente, el papel chisporroteaba mientras el tabaco seco ardía intensamente. Soltando una larga corriente de humo, tocó sus dientes con la mano libre y señaló el interior de la taberna con la cabeza. "Estoy buscando un amigo mío. Lo último que supe es que estaba dentro".

—Mi último cliente está adentro. Él es joven. Ella miró a su alrededor, una luz traviesa jugando alrededor de su rostro. "Es joven y muy enérgico".

—¿Él es, por Dios?

Asintiendo, María miró hacia otro lado, fingiendo timidez, Root decidió sin previo aviso, lanzar su mano derecha para agarrar la entrepierna de ella. La mujer gritó y él la golpeó contra la pared, le echó humo en la cara y la besó antes de que pudiera toser.

Cuando por fin se apartó, jadeando, ella presionó el dorso de su mano contra sus labios, vio las manchas de sangre en su piel y siseó, "Bastardo". Arrugando su adorable rostro con furia, lanzó un puñetazo en su dirección, pero Root giró y paró el golpe, agarrando su muñeca con la mano derecha. Él sonrió mientras ella trataba desesperadamente de liberarse.

Sus esfuerzos resultaron inútiles y Root apretó. Ella gritó: "¡Déjame ir, hijo de puta gringo!" Ella luchó contra él, pero sus protestas simplemente resultaron en que él apretara aún más su agarre y ella chilló, cayendo de rodillas, con lágrimas brotando de sus ojos. "*Por favor, señor...*"

Un hombre salió de la penumbra de la taberna y le atravesó la cabeza a Root con una bala. Con un movimiento suave y fluido, alteró levemente su puntería y puso otra bala en la garganta del mexicano mientras luchaba por desviar a su caballo. Las manos volaron hacia donde hervía la sangre, y Sánchez gorgoteó y gritó hasta que se apagaron las luces. Su cuerpo cayó al suelo, donde yacía, con las piernas temblando de vez en cuando hasta que murió. Su caballo aterrorizado salió disparado, junto con el segundo animal y, cuando los ecos del disparo se desvanecieron en las montañas lejanas, el silencio se instaló gradualmente una vez más.

El hombre de la pistola se puso al nivel de la muchacha y la ayudó a levantarse. Ella sollozó en su pecho mientras la atraía hacia él. La besó en la mejilla y miró al hombre muerto tendido de espaldas, con los ojos muy abiertos en total incredulidad, el agujero entre los ojos en un círculo perfecto, el humo del cigarrillo aún salía de sus delgados, pálidos y muertos labios.

—¿Me pregunto quiénes eran? —dijo el joven, volviendo a guardar el revólver en la funda. Condujo a María de regreso al interior, su mano desapareció debajo de la falda de ella para encontrar sus firmes nalgas.

CAPÍTULO DOS

Gus Ritter se apoyó en la barra del bar, dándole vueltas ociosamente el vaso de cerveza en sus manos, perdido en sus pensamientos.

Había cabalgado durante tres días seguidos, durmiendo lo mejor que podía en la silla de montar, obligado a detenerse y acampar solo una vez en el viaje. Más por el bien de su caballo que por el suyo, decidió descansar un rato, encontró una hendidura en un afloramiento rocoso y se las arregló para aprovechar algunas horas intermitentes. El caballo comió avena, tragó agua, por la mañana al menos parecía renovado. Hizo todo lo posible para no presionar demasiado a la yegua. Si muriera ahí afuera, en la amplia y abierta pradera, sería una rica presa para los buitres en un día.

Y ahora estaba aquí. En Arcángel. Se preguntó por qué alguien elegiría ese nombre. ¿No tenía algo que ver con Dios, la religión o alguna tontería por el estilo? Nunca pudo comprender esas historias ya que su madre nunca lo había obligado a asistir a la escuela dominical, debido a que ella permanecía borracha la mayoría de los días, y especialmente en sábado. Se rio entre dientes ante el recuerdo. Pobre mamá. Su mula le había dado una patada en la cabeza mientras maldecía y golpeaba al animal en la grupa con un palo. Recibió su merecido cuando arremetió con sus cascos y le rompió el cráneo. Ritter nunca derramó una lágrima.

Él tenía once años.

Los pensamientos sobre la iglesia y las historias bíblicas parecían apropiados en ese momento, cuando las puertas batientes se abrieron de golpe y un hombre corpulento con una larga túnica marrón de tela tosca entró a grandes zancadas, su rostro era una máscara de pura furia. Un par de ancianos en la esquina echaron un vistazo y, olvidados de las cartas y las bebidas, salieron rápidamente.

—Ahora, padre... —dijo el tabernero con aspereza. Dejó rápidamente el vaso que había estado puliendo y se acercó a la pequeña puerta batiente al final del mostrador.

—Mantén la lengua, Wilbur —le espetó el padre y se trasladó al otro extremo, donde un individuo gordo y de aspecto desaliñado se inclinaba sobre la encimera, escupiendo saliva, de labios gruesos, con un vaso de whisky ante él, casi vacío.

El padre se acercó a este individuo de aspecto miserable y lo golpeó en el brazo con su grueso dedo. El hombre gimió, murmurando algo de basura indescifrable de su boca floja, y miró al padre con los ojos entrecerrados y sin parpadear. "Ah, mierda, padre. ¿Qué demonios quiere?"

Moviéndose rápido para un hombre tan grande, el padre agarró al gordo por el hombro y lo giró, golpeando con su rodilla hacia arriba en la entrepierna del gordo. El hombre chilló y el padre giró hacia la izquierda en la sien del hombre, estrellándolo contra el borde del mostrador. Gritando de nuevo, el hombre dio unas arcadas como si estuviera a punto de vomitar antes de que el padre lo enviara tambaleándose hacia atrás con un tremendo puñetazo de derecha directo a la nariz.

Chocando contra la pared del fondo, el hombre se agachó hasta el suelo, la sangre goteaba de su rostro como cerveza del grifo del bar para mezclarse con un chorro de vómito cubriendo la pechera de su camisa. En un pestañeo, el padre estaba sobre él como poseído, cayéndole a golpes, los gritos del gordo ahogado por el sonido de huesos aplastados y el chapoteo de la sangre.

Ritter lo vio, pero no lo creía. ¿Un hombre de Dios? ¿Un padre? Ciertamente no era como ningún párroco rural que Ritter hubiera visto jamás. Suspiró, volvió a su cerveza y apuró el vaso.

—Padre, no era necesario haber hecho nada de esto, —dijo el tabernero, cruzando el bar hacia el gordo que lloriqueaba en el suelo. "Intento mantener un establecimiento decente y usted acaba de deshacer seis meses de buen mantenimiento de la casa aquí mismo con toda esta mierda". Se puso en cuclillas y estudió el rostro del hombre semiconsciente. "Dios mío, seguro que lo destrozaste bastante. ¿Qué diablos es todo esto?"

El padre, respirando con dificultad, luchó por controlar la ira en su voz. — Dile a ese bastardo que cuando despierte, tiene hasta el amanecer para salir de la ciudad. Si no se ha ido para entonces, lo iré a visitar.

—Eso todavía no me dice de qué se trata todo esto.

Wilbur, ¿acaso eres una anciana o un anciano? Solo haz lo que te diga.

Sacudiendo la cabeza, Wilbur se puso de pie y puso las manos en las caderas. "Tiene amigos".

—Si se parecen en algo a él, también les patearé el trasero.

—No sé qué diablos ha pasado aquí, padre, pero algo me dice que no va a terminar bien.

—Se llevó a la chica Parker a un granero y se salió con la suya.

Boquiabierto, Wilbur miró al sacerdote y luego al gordo. "¿Nati Parker?"

—No, su hermana menor, Florence.

—Mierda. Pero ella no es ...

—Tiene trece años, Wilbur. Este maldito la violó.

—Mierda...

—Su hermana la encontró en un estado espantoso. Este

bastardo la había golpeado, le había arrancado el vestido y se había salido con la suya. No toleraré eso, no de nadie. Me entiendes, Wilbur, no lo toleraré. Entonces, dígale a este miserable pedazo de inmundicia, si no se ha ido mañana, veré que cuelgue.

Y con eso, el padre se dio la vuelta y salió del bar.

Gus Ritter lo vio irse y silbó silenciosamente con los labios fruncidos. "Maldita sea, ese hombre es un demonio sobre rieles".

—Seguro que lo es, —dijo Wilbur, empujando al gordo con su bota. A estas alturas, estaba completamente inconsciente. "No creo que lo haya visto nunca tan enojado".

—¿No tienen ningún sheriff para resolver esos problemas?

—No. El sheriff Herbert se cayó y murió hace como seis o siete semanas por un fallo cardíaco. Aún no hemos tenido lo necesario para jurar un reemplazo. Se supone que debe haber un alguacil que viene de Cheyenne para supervisarlo todo, pero no hemos escuchado nada de nadie. A nadie le importa un carajo Arcángel, ni siquiera los que vivimos aquí.

—Dijiste que tiene amigos.

"Sí..." Wilbur rumió en su boca vacía. "Veo que se avecinan problemas. Está el viejo Silas, el tío, sus dos hijos y un par de compañeros de trabajo llamados Jessup y Martindale. Son un problema, señor. Han estado aullando y gritando todos los sábados por la noche durante semanas, disparando en bares, salones de baile y cosas por el estilo. Tuve una pelea con ellos, disparé mi escopeta recortada y los asusté muchísimo. Ya no me molestan. Pero esto..." Volvió a negar con la cabeza y miró al gordo. Este es Tobías Scrimshaw y su tío, el viejo Silas, es dueño de un rancho de ganado a no más de diez millas de aquí. Tiene más dinero que sentido común, ese viejo bastardo, pero es más malo que un avispón con dolor de muelas.

—No sabía que los avispones tuvieran dientes.

Wilbur le lanzó una mirada. "Señor, si está pensando en comprar otra cerveza, hágalo. Si no es así, lleve sus ingeniosos comentarios a otro lugar. No estoy de humor".

Ritter se encogió de hombros y apartó el vaso vacío. "Ya casi terminé, de todos modos." Se dio la vuelta y le devolvió el ceño fruncido a Wilbur. "Y no piense que soy como esos dos chicos a los que asustó con su escopeta recortada, señor tabernero, porque no lo soy. No me gusta que me hablen como si fuera una rata en un barril". Dio unas palmaditas en la cadera al Colt Cavalry. "Mi viaje ha sido largo y difícil y aún no ha terminado. El maltrato, no es necesario".

—¿Viaje? ¿Qué viaje? Wilbur frunció el ceño y miró el revólver por primera vez. "Manipula esa pistola como si fuera capaz de usarla".

—No veo ningún sentido en tener un arma de fuego si no puedes usarla.

—Sí, pero... Señor, ¿cuál es su negocio aquí?

—Estoy buscando a alguien, eso es todo.

—¿Alguien importante?

—Se puede decir. Ritter respiró hondo. "Pero él no está aquí, y eso me ha molestado un poco".

—¿A quién estás buscando?

—Quería preguntarte lo mismo, pero luego llegó el padre y puso todo en pedazos.

—Bueno, podría saberlo. Tiendo a conocer a todos en esta ciudad. Si no lo hago, Cable Hughes en el salón Wishing Bone lo sabrá, pero rara vez abre hoy en día, gracias a esos bastardos de Jessup y Martindale.

—Quizás puedas ayudar.

—Talvez pueda. Wilbur inclinó la cabeza hacia un lado. "Pero no gratis".

Ritter sonrió, buscó en el bolsillo de su chaleco y colocó con fuerza un dólar de plata en la encimera. "Esto debería cubrir el precio."

—Sí, —dijo Wilbur, lamiendo sus labios. —Un segundo podría darte aún más.

—No presiones, cantinero.

Algo cambió en el comportamiento de Wilbur, su

bravuconería anterior fue rápidamente reemplazada por un temblor de miedo que recorrió sus labios. Quizás vio algo que no había visto antes, pensó Ritter, y se consoló con el hecho. El tabernero tragó saliva y sus ojos pasaron del dólar al Colt de Ritter. "¿Cómo se llama esta persona?"

"John Wesley Hardin".

CAPÍTULO TRES

La calle estaba llena de gente que realizaba sus rutinas diarias. Ritter se quitó el sombrero ante la ocasional dama que pasaba, asintió con la cabeza a varios hombres, la mayoría de los cuales lo miraron con recelo, frunciendo el ceño ante su arma enfundada. Pocos sostuvieron su mirada. Ritter tenía el aire de un hombre que confiaba en sus propias habilidades, pero la mayoría de los ciudadanos de Arcángel preferían no reflexionar sobre cuáles eran estas. Pocos de su tipo pasaban por las calles de la ciudad, pero cuando lo hacían, invariablemente significaba problemas.

Entró en una pequeña cafetería y pidió al mediodía huevos y tocineta. Ignorando las miradas de los otros clientes, miró por la ventana hacia las muchas tiendas y negocios de servicios que se alineaban en la calle. Un grupo de hombres en mangas de camisa trabajaba como hormigas alrededor de un gran edificio a medio terminar y él los estudió con gran interés.

La camarera se acercó a él y le colocó un plato lleno de comida frente a él. Él sonrió. "Un Lugar muy movido."

"Sí", dijo ella, siguiéndole su mirada a la calle. "Y tendrá más movimiento con un poco de suerte".

Gruñendo, se volvió hacia su comida, disfrutando de cada bocado.

Luego, de haber terminado su comida y pagado la cuenta, cruzó la calle. Ritter se detuvo bajo el letrero oscilante del Salón Wishbone y se inclinó hacia adelante para leer el aviso prendido en la entrada bloqueada. Las lecciones en la escuela de una sola habitación de la señorita Winters en Denver le habían dado un conocimiento básico de las palabras, pero seguía teniendo dificultades con oraciones más complejas.

“Dice que estamos cerrados debido a las bebidas excesivas de ciertas personas exaltadas que causaron daños extensos e inapropiados a este establecimiento”.

Ritter frunció el ceño y se volvió para mirar al dueño de la voz, un individuo de aspecto moreno con un rostro alegre y un abdomen amplio. “¿Eres Cable Hughes?”

El hombre inclinó la cabeza y arqueó una ceja. “Si. Soy el dueño de este establecimiento”.

—Ya entiendo. Hizo un gesto hacia el letrero. —Estos “violentos sujetos”, son...

—Dos pistoleros del rancho Scrimshaw. Jessup y Martindale, tengo entendido que así se llaman. Un par de desagradables que aún no he conocido".

Ritter subió a la pasarela de madera frente al salón y tocó el aviso. “¿Qué son las *libaciones?*”

—Bebidas.

—Ah... ¿Entonces estaban borrachos?

—Más que borrachos, señor. ¿Puedo preguntarle cuál es su interés?

—Estoy viajando por el Estado, buscando a cierto prófugo de la justicia.

—¿Un forajido?

—Un asesino.

Hughes contuvo el aliento y se balanceó sobre los talones. “¿Un asesino? Eso suena algo dramático”.

“Lo es.”

Observando a Ritter de pies a cabeza, los ojos de Hughes se posaron en el revólver de Ritter. "¿Supongo que eres un caza recompensas?"

—¿Y que con eso?

Hughes levantó las manos. "No lo estoy juzgando, señor, simplemente señalando lo obvio".

"Mi arma es mi herramienta de comercio. Me permite dar sentido a un mundo que ha perdido el rumbo. Violencia, anarquía, abandono de la decencia común... La guerra creó profundas divisiones dentro de nosotros, señor Hughes, y todo lo que un hombre puede hacer es encontrar un camino a través de ella que no lo lleve a la confrontación y la muerte".

—Sí, bueno, la guerra ha finalizado en los últimos ocho años.

—Aun así.

—Si.... aun así.

Ritter volvió a bajar a la calle y se paró al nivel de Hughes, elevándose sobre el dueño del salón por una buena cabeza. "¿Tienes planes de reabrir?"

—Quizás. Cuando esos dos alborotadores se hayan marchado.

—¿Crees que lo harán?

—¿Quién sabe? El viejo Scrimshaw ha perdido el rumbo, dejando el control de sus negocios a sus hijos. Hughes hizo una pausa, mirando arriba y abajo de la calle principal. Un tren de tres vagones pasó rodando, ollas y sartenes chocando contra los costados. "Más recién llegados que buscan la promesa de una nueva vida". Sacudió la cabeza, forzando una sonrisa al conductor principal mientras avanzaba. "Seguro como un tiro al piso que no encontrarán una aquí en Arcángel".

—Parece lo suficientemente próspero.

—Oh, lo es. Cuando el ferrocarril finalmente se abra, renacerá. Comerciantes, negociadores, tenderos, todos se están preparando para ese gran día.

—Incluso podría ser el momento para que vuelvas a abrir.

—Quizás. Señor, ¿a quién está buscando? ¿Quién es este supuesto asesino?

—Nada de supuestamente al respecto, señor Hughes. Entendí por mi anterior parada que se dirigía hacia aquí.

—No sé de ningún asesino que haya pasado por aquí.

"Saben cómo disimular. De hecho, si alguna vez lo vieras, lo veras como una persona muy respetable, bien vestido, educado y de estatura pequeña. Pero si miras de cerca y captas el brillo en sus ojos, verías algo que no te gustaría. Desafortunadamente, tal acción casi con certeza causaría que él se sintiera ofendido, o haría que sospechara que usted lo estaba desafiando. Nadie ha mantenido su mirada fija y vivido".

—Querido Dios. Sus ojos se abrieron cuando se aferró a algo más allá del hombro de Ritter. "Bendito Jesús", dijo, palideciendo, "eso parece un problema".

Ritter se dio la vuelta y vio a dos jinetes subiendo por la calle principal. Desmontaron a la carrera y cargaron hacia la entrada del salón donde Tobías Scrimshaw había recibido la paliza. Ritter silbó cuando los jinetes irrumpieron a través de las puertas batientes, sus armas ya materializándose en sus puños. "Sí, podría tener razón, señor Hughes. Seguro que me parecen un problema".

—¿Qué demonios ha sucedido allí?

—Una paliza, —dijo Ritter. —Parece que su sacerdote puede repartirla con una habilidad asombrosa.

—¿Te refieres al padre Merry?

—Efectivamente. A un hombre gordo le sacaron la mierda de vida, y ahora sospecho que sus amigos se han enterado.

—Uno de ellos se parece a Reece, el más joven del viejo Scrimshaw.

—Querrán vengarse del sacerdote.

—Sin duda. Alguien debió haberle dicho a Reece lo sucedido.

—Había otros dos allí. Quizás fue uno de ellos.

—La gente hará de todo si cree que se les pagará por ello.

Ritter asintió con gravedad. "Tengo la mente de que el padre

Merry puede ser con quien deba hablar sobre mi presa. El propietario de aquel establecimiento me lo dijo a cambio de un dólar. Creo que un hombre de mundo como el buen padre reconocería a John Wesley sin pestañear".

"¿John Wesley...?"

Ritter se volvió y vio la palidez mortal del dueño del salón y sonrió. "Sí, su nombre tiende a provocar esa reacción. Ahora, si fueras tan amable, ¿podrías indicarme la dirección de Merry?"

Cuando Hughes abrió la boca para hablar, la conmoción al otro lado de la calle en el otro bar llegó a su clímax cuando los dos hombres atravesaron las puertas a patadas, llevando entre ellos la gran figura semiconsciente de Tobías. Detrás de ellos apareció el tabernero, retorciéndose las manos, con una expresión preocupada en su rostro que, cuando vio a Ritter, se convirtió en desesperación. Hizo un gesto hacia el caza recompensas y se abrió paso entre los grupos de espectadores que se reunían, todos curiosos por ver lo que estaba sucediendo.

"Se encontrarán con otros y se irán a la casa del padre Merry, no me extrañaría", dijo Hughes, recitando sus palabras a un ritmo frenético. "Si conozco a esos muchachos, planean matarlo".

Gruñendo, Ritter se giró para mirar a Hughes. "Bueno, parece que tendré que apresurarme si voy a llegar a él primero. Ahora, dime dónde vive".

CAPÍTULO CUATRO

Silas Scrimshaw rodó sobre un costado y soltó un largo suspiro. "No estoy tan seguro de poder hacer esto por mucho más tiempo".

Junto a él, Manuela se apoyó sobre su codo y le lanzó una mirada inquisitiva. De veintidós años, mitad mexicana, con la piel morena como una nuez, frunció los labios y sonrió. "Silas, eres el mejor hombre que he conocido".

Girando la cabeza para mirarla, frunció el ceño. "Bueno, es amable de tu parte decirlo, querida, pero sé que no es así".

—Por supuesto que es. Ella extendió la mano y le acarició la mejilla con el dorso del dedo índice. —Me haces muy feliz.

Gruñendo, Silas apartó las mantas y se levantó de la cama. A través de la ventana abierta, el sol de la mañana inundó la habitación, cruzó y miró hacia la amplia y abierta llanura. Cerrando los ojos, respiró hondo, permitiendo que los rayos calentaran su cuerpo. "Ojalá tuviera treinta, incluso veinte años más joven. Maldita sea, Manuela". Él se dio la vuelta, sus ojos se llenaban de ella, su cuerpo desnudo postrado sobre la cama. "¿Dónde diablos has estado toda mi vida?"

Ella se rio, pareciendo disfrutar de su expresión hambrienta, y permitió que las manos de él recorrieran sus pechos llenos y la parte plana de su vientre. "Durante la mayor parte de esos años, yo ni siquiera había nacido".

"¡Dios, si no eres la cosa más hermosa que he visto en mi vida!"

Otra risita. Ella palmeó el espacio vacío a su lado. "Ven y acuéstate conmigo. Hazme ronronear como un puma de nuevo".

Silas hizo como si fuera a hablar, pero fue interrumpido por el sonido de un jinete que galopaba hacia el patio abierto frente a la enorme casa del rancho. Balanceándose hacia la ventana, miró hacia afuera y maldijo en voz baja. "Ah, mierda, esto parece un problema".

Moviéndose rápidamente a la cama, se puso la bata, se ajustó el cinturón y salió de la habitación, con el grito de Manuela de "vuelve pronto, mi amor", sonando en sus oídos.

Moviéndose rápidamente al descansillo de las escaleras Silas se inclinó sobre la baranda y miró hacia la gran sala de entrada abierta de su hermosa casa construida al estilo mexicano. Silas siempre había querido maximizar la cantidad de luz que entraba a la casa y, en este momento, esto lo ayudó a ver claramente al joven vaquero caminando hacia adelante, cubierto de polvo y sudor, con el sombrero echado hacia atrás colgando por la espalda sujeto al cordón de la barbilla, su cabello era un desastre.

—¿Qué demonios está pasando, Reece? Parece que está en condiciones de caer en un estupor.

—Ah, diablos, papá, —dijo Reece, —tenemos problemas.

Arreglándose mejor la bata, confirmado el temor, Silas caminó por el descansillo y bajó las escaleras. "¿Dónde diablos está Grimes?"

—No lo sé, acabo de llegar.

—Sí, te vi entrando. Al llegar al último escalón, se detuvo, con una mano en la barandilla. "¿Qué diablos está pasando?"

—Tobías se buscó una paliza.

Silas cerró los ojos con fuerza. "Ah, maldita sea. ¿Se encuentra mal?"

—No lo sé, solo lo escuché de algunos de los habitantes del

pueblo. Miró a su alrededor. La sala estaba dominada por una enorme mesa, con capacidad para veinte personas. En este momento estaba vacío, la parte superior bien fregada, sillas ornamentadas cuidadosamente colocadas por todos lados. Reece alcanzó la más cercana, la echó hacia atrás, se dejó caer y puso su cara en su mano. "Hizo algo malo, papá. Muy malo".

Silas frunció el ceño, se acercó a él y se sentó a la derecha del joven vaquero. "Dime."

Reece liberó la mano y siseó entre dientes: "Fue y se llevó a la joven Parker a un granero y...." negó con la cabeza. "Él la violó, papá".

Silas se quedó boquiabierto y por un momento no supo qué decir o pensar. Se sentó hacia atrás, con los hombros caídos, abrumado por la enormidad de las palabras de su hijo mayor. "¿La niña más joven?"

—Eh. Mmm. Florencia. Tiene trece años, papá.

—Oh Dios mío.

La voz de Silas, baja, trémula, reflejaba el estado de ánimo de Reece y los dos hombres se sentaron en silencio, mirando fijamente a la nada durante mucho tiempo.

Un hombre delgado pero fuerte, de edad indeterminada entró en la sala de entrada y se detuvo en seco cuando vio a padre e hijo. Pareciendo sentir la atmósfera deprimida, arrastró los pies y, aclarándose la garganta, dijo: "¿Puedo traerle algo, señor?"

Sin levantar la vista, Silas asintió. "Tráeme un poco de mi viejo whisky escocés, Grimes. Creo que ambos lo necesitamos".

Cuando el anciano salió, Reece se volvió hacia su padre. "Vine aquí tan rápido como pude. Uno o dos de los muchachos llevarán a Tobías a la casa de Doc. Wilson. Tiene la nariz rota y creo que puede estar sangrando por dentro. Seguro que está sangrando por todas partes".

—Mierda. Nunca hubiera pensado que el viejo Harvey Parker pudiera hacer algo así.

—No fue Parker. Además, está muerto.

—¿Demonios, en serio? No lo sabía. ¿Quién lo hizo entonces?

—Fue el sacerdote, el padre Merry.

Una vez más, la boca de Silas se abrió, mudo por la noticia.

—He escuchado historias sobre ese hombre, —continuó Reece. —Él luchó en la guerra, eso escuché. Era miembro de un grupo de merodeadores que recorrían todo el valle de Shenandoah. Con la rendición, él, junto con toda esa otra escoria, recibió el perdón gratuito. Parece que encontró a Dios..., suspiró fuertemente, burlándose, —pero un hijo de puta asesino siempre lo será. Y ahora ha mostrado sus verdaderos colores, lo suficientemente bien.

—Encuentro todo esto difícil de creer, Reece. ¿Un *sacerdote* pateó el trasero de Toby?

—Podría morir, papá.

—Bueno, Silas se cruzó de brazos, —Me importa un comino eso, Reece. Toby es como su padre: un gordo y holgazán.

—¡Pa, es pariente!

—Pariente o no, sigue siendo un desperdicio. Siempre ha sido. Su madre me suplicó que lo acogiera cuando Guthrie hizo que lo mataran. Supongo que me sentí obligado por los lazos familiares, pero debo admitir que nunca me he sentido cómodo con eso. Y ahora, parece que mi falta de buen juicio en este asunto ha vuelto a casa para morderme el trasero.

Reece empujó su silla hacia atrás, mirando a su padre. "Nunca te hubiera tomado por un indolente, Pa."

—¿Un *qué*? Tal vez no hayas escuchado tus propias palabras, muchacho, ese pedazo de basura ha violado a una niña. Maldita sea, Reece, no lo apoyaré en nada de esto, si eso es lo que esperas.

—Solo pensé que al menos podrías haber ido a visitar a ese padre bastardo, para hacerle saber que no puede hacer cosas como golpear a uno de los nuestros. Tenemos una reputación que mantener, Pa.

—Bueno, eso será tan bueno como un balde de mierda de

perro si aprobamos lo que ha hecho Tobías. No, mejor déjalo así. Iré a hablar con el sacerdote cuando todo esto haya pasado.

—Eso será demasiado tarde.

—No vayas a confrontarme por esto, muchacho. Mi decisión es definitiva. No quiero tener nada que ver con los violadores, sean parientes o no. Soy mejor que eso.

—*Violadores*... Dios mío, ¿te escuchas a ti mismo? Como si no hubieras hecho nada parecido tú mismo.

Se puso de pie de un salto, antes de que Reece pudiera siquiera levantar un brazo, Silas golpeó a su hijo con un revés en la cara, enviándolo a estrellarse contra el suelo. Resoplando ruidosamente, Silas se inclinó hacia delante sobre la mesa, presionando con fuerza los nudillos en la madera. Miró a su afligido hijo, que se dio la vuelta y se sentó, secándose la boca ensangrentada con el dorso de la mano. “Puede que haya hecho algunas cosas malas en mi época, muchacho, pero la violación nunca fue una de ellas. No me asociaré con eso y si Tobías se está desangrando hasta la muerte, entonces le digo que muera”.

Entrecerrando los ojos ante su mano manchada de sangre, Reece se puso de pie, aturdido. “Eso es todo, Pa. He sufrido tu indiferencia, tus insultos y amargura durante demasiado tiempo. No sufriré tu abuso”.

—Madura, Reece. Me insultaste, y si crees que permitiría que alguien...

—¿*Alguien*? Jesús, viejo bastardo santurrón, ¡soy tu maldito hijo!

—¿Qué te propones hacer, Reece? ¿Salir de aquí con el rabo entre las piernas para vivir por tu cuenta?

—Creo que ya es hora de que lo haga. De todos modos, nunca tuviste la intención de dejarme este rancho.

—No, eso es correcto. Se lo dejo a Manuela.

El sonido del nombre de la chica golpeó a Reece con más fuerza que la bofetada que había recibido unos momentos antes. Parpadeó repetidamente, su respiración temblaba. “Dios mío querido, ella realmente te ha poseído, como el diablo que es”.

—La amo, cachorro insolente. Se puso de pie cuando Grimes regresó, sosteniendo una bandeja de plata en la que había una jarra de vidrio tallado y dos juegos de vasos. Silas soltó un largo suspiro. "Vierte dos buenas medidas, Grimes. El chico de aquí se irá en breve, pero primero puede tomar un trago".

—No beberé contigo, espetó Reece.

—Llámalo un brindis de buena suerte, Reece. Se humedeció los labios mientras Grimes llenaba diligentemente los vasos con dos buenas medidas del líquido dorado. Silas tomó un vaso que le ofrecieron y aspiró el aroma del whisky antes de tragar un gran bocado.

Sin una palabra, Reece tomó el segundo vaso y lo apuró de un solo trago. "Si que tienes corazón eh, papá".

—Solo vete, Reece. Ha pasado mucho tiempo. Tomó otro sorbo y entrecerró los ojos hacia su hijo. "Pero te lo advierto, muchacho, ve a buscar a ese cura, para vengar lo que le hizo a tu primo, yo mismo te enterraré".

—Eres un bastardo, —dijo Reece. —Me alegro de que mamá no esté viva para ver en lo que te has convertido: un viejo verde insensible e indiferente.

—Vete.

—Y no te preocupes de que yo le haga algo a ese sacerdote con la cara llena de mierda, Jessup ya está preparado y buscándolo.

Silas bajó la cabeza y suspiró. "Lo supe, tan pronto como las palabras salieron de tu boca sobre lo que sucedió. Ese estúpido cabeza de tizón nos hará colgar a todos".

—Hubo un tiempo en el que no te habría importado un carajo la ley, ¡porque eras la ley! Ahora, usted no es nada más que un viejo dominado por esa criatura joven y ágil arriba en su cama. Te ha vuelto loco, papá, y no me quedaré aquí no puedo seguir viendo esto.

—Eso dijiste. Ahora, ¿eres tan bueno como tu palabra o no?

Reece tiró su vaso. Rodó sobre la mesa y Grimes la atrapó

antes de que cayera y se hiciera añicos en el suelo. “Mario se enterará de esto”.

—Mario no tiene una mierda por cerebro, a diferencia de ti. Él hará lo que le diga.

—Bueno, hay otra buena razón para que me vaya. Giró sobre sus talones y se alejó sin mirar atrás.

—Sírveme otro —dijo Silas, extendiendo la mano hacia Grimes, quien tomó el vaso e hizo lo que le pedían. Al ver el whisky gotear en el vaso, Silas consideró las palabras de su hijo, pero les prestó poca atención. Manuela era lo mejor que le había pasado y, cuando se sentó de nuevo y escuchó su suave acercamiento descalzo ... sintió sus dedos masajeando sus hombros, sus cálidos labios acariciando su oreja, sabía que no podía importarle un comino a nadie más en todo el mundo.

CAPÍTULO CINCO

Con los sollozos desgarradores de la joven resonando en sus oídos, el padre Merry salió del pequeño dormitorio y se dirigió a la bomba manual. Accionó la palanca, salpicándose las manos y luego la cara. Temporalmente cegado, buscó a tientas una toalla. Un par de manos suaves presionaron un paño grueso en su agarre y él gruñó en agradecimiento. Se secó la cara con palmaditas y se volvió hacia Nati Parker que estaba frente a él.

Nati, una mujer esbelta de poco más de treinta años Nati poseía la buena apariencia ardiente que traicionaba su herencia mexicana: ojos oscuros y cabello negro liso azabache recogido de su rostro suave y bronceado. Se pasó la lengua por los dientes y dijo: "¿Cómo está ella?"

—Un poco mejor. Va a llevar tiempo, Nati.

—Ambos tenemos mucho de eso.

—Tal vez no.

Ella inclinó la cabeza. "¿Qué quieres decir?"

—Le di una paliza al bastardo que hizo esto hasta casi matarlo. Es posible que incluso lo haya matado.

Sus palabras no cambiaron su neutra expresión. "Lástima que no lo hicieras. Ese hijo de puta merece estar en el suelo por lo que hizo".

—Sí, pero aun así... Sus amigos vendrán a buscarme y cuando se den cuenta de que no estoy en casa, vendrán aquí.

—Entonces los mataré.

—No. Si lo haces, te colgarán.

—Padre, qué mundo de mierda es el que permite que mi hermana sea violada por ese bastardo, y no me da la oportunidad de vengarme de lo que él hizo. ¿Qué tipo de ley es esa, eh, Padre?

—La cosa es que ellos son la ley en estos lados, Nati.

—Entonces, ¿dónde está la justicia?

—No hay ninguna.

—Entonces encontraré la mía. Se dio la vuelta y se acercó a la puerta, sobre la cual colgaba una carabina Spencer. Lo bajó y trabajó a través del mecanismo de carga con evidente habilidad. Gruñendo, volvió a mirar al sacerdote. "Cuando vengan, les dispararé. Mi padre me enseñó a usar esto cuando tenía doce años. No creo que el alguna vez él haya pensado que algún día tendría que usarla".

"Hay otra forma". Merry se acercó a la mesa toscamente tallada y se sentó. Ella lo siguió, colocando la carabina entre ellos. Inclinándose sobre la mesa, tomó sus manos entre las suyas. "Podrías cargar tu vagón y cruzar el sendero hacia Oregón. Empezar de nuevo."

—¿Qué? ¿Crees que es tan fácil simplemente comenzar una nueva vida? Y con que ¿Qué haríamos? ¿Putear?

—No seas tan estúpido. Tú podrías...

—¿Qué más pueden hacer las mujeres como nosotras, eh? Ella se tiró hacia atrás en su silla. "Nada de esto fue culpa nuestra, *¡nada de eso*!"

—Lo sé, pero no puedes...

—Mi papá nos trajo aquí hace casi veinte años. Este es nuestro hogar, Padre. No tengo marido, ni hombre. Mi papá murió hace un año, seis meses después de que la fiebre se llevara a mi madre. Murió con el corazón roto, llorando todas las noches hasta que... Ella se mordió los labios inferiores, secándose la lágrima que le caía del ojo. —¿Tienes idea de lo dura que ha sido la vida desde entonces? No, por supuesto que no. Te sientas en tu iglesia, dispensando tus oraciones y tus absoluciones, pero no tienes idea de las dificultades que enfrenta la gente común. Pero afrontarlo lo tenemos, y afrontarlo lo haremos. Mi padre construyó este lugar con sus propias manos, Padre. Rompió cada hueso, tiró cada músculo y lo hizo por *nosotros*. ¿Y ahora me dices que me dé la vuelta y corra? ¿Que huya de hijos de putas que destruyeron la vida de mi hermana? Probablemente esté embarazada, Padre. Piense en eso la próxima vez que se le ocurra una de sus ridículas soluciones.

Se cruzó de brazos y se sentó allí, hirviendo, su respiración entrecortada y cortante. Merry esperó, sin atreverse a mirarla a los ojos, a ver la ira, la indignación, la fuerza de la convicción.

Finalmente, dejó escapar un largo suspiro. “Está bien, Nati, lo siento. Tienes razón, por supuesto. Huir no es una opción”.

—¿Entonces qué? ¿Luchar contra ellos?

—Te matarán, después de haberse salido con la suya contigo. Y Florencia.

Ella e mordió el labio inferior y asintió con la cabeza hacia el Spencer. “Tengo quizás siete balas. ¿Cuántos vendrán? ¿Seis, ocho, diez?” Ella soltó una risa corta y burlona. “Guardaré los dos últimos para mí y para Florence. Es mejor morir que sufrir más la indignidad de sus sucias manos”.

—Estoy de acuerdo.

Ella le frunció el ceño. “¿Realmente lo estás? Entonces, ¿crees que está bien que nos asalten aquí, que hagan lo que quieran, que nos maten a los dos?”

—No, no creo que nada por el estilo. Se echó hacia atrás y hurgó en los pliegues de su tosca túnica marrón y sacó un revólver Colt Navy, modelo de conversión. Lo levantó en su mano. “Yo estaré contigo”.

Ella lo miró con los ojos muy abiertos. “¿Qué estás haciendo con una pistola, padre?”

Él se encogió de hombros. “Viejos hábitos. Esta pequeña belleza me sacó de algunos apuros en la guerra, así que creo que puede volver a hacerlo. Practico la mayoría de los días y todavía puedo acertarle a una moneda a veinte pasos".

—¿La guerra? Pero... Padre, no entiendo. Eres un hombre de Dios.

—Yo no lo era en ese entonces, Nati. En ese entonces yo era parte de una tropa de asaltantes. Hicimos algunas cosas indescriptibles, de ninguna de las cuales estoy orgulloso. Cuando terminó la guerra, regresé a Missouri, encontré a mi vieja mamá y ella me sentó y escuchó mi confesión.

Ella lo miró boquiabierta. ¿Su propia madre? Pero... ¿le dijo lo que había hecho?

—Su padre, mi abuelo, era sacerdote. Supongo que se encargó de continuar la tradición. Él sonrió, recordando a través de los años a su yo más joven, arrodillado ante su madre, su mano sobre su cabeza, bendiciéndolo. — Tomé las órdenes sagradas un año después de eso. Nunca he mirado atrás.

—Hasta ahora.

—Algunas cosas te ponen a prueba, Nati. Hoy me ha puesto a prueba más que nada desde que el general Lee firmó la rendición. Pensé que había enterrado al hombre que estaba allí en Arlington, pero estaba equivocado. Sigo siendo el mismo sinvergüenza asesino de siempre. Le di una paliza a ese hombre, Nati. Todo volvió, el odio. No creo que haya desaparecido nunca.

CAPÍTULO SEIS

Se detuvieron a la vista del rancho Scrimshaw. Reece lanzó una mirada hacia Tobías, que estaba desplomado sobre el cuello de su caballo, un gemido constante escapaba de su boca rota. "¿Podrías callarte, estúpido?"

Su compañero, delgado y pelirrojo, se rio a carcajadas entre dientes ennegrecidos. "Diablos, suena como un pedo atrapado en una botella".

—Y harías bien en mantener la boca cerrada también, Kelly.

Kelly iba hablar, pero claramente lo pensó mejor mientras Reece continuaba gruñendo y mirando.

Volviendo a la vista del rancho, Reece dejó escapar un largo suspiro. "Esperaba que Mario pudiera convencer a papá dándole algo de sentido a esto. El viejo murciélago ha perdido su cueva".

—¿Mario sabe todo esto?

—Le dije después de que papá me echara. De todos modos, no lo necesitamos, pero creo que es prudente esperar y ver. Ya tendremos suficientes problemas para enfrentarnos al sacerdote sin poner a papá en la mezcla.

—¿Problemas con un sacerdote? —dijo Kelly, burlándose. Se inclinó hacia la derecha, carraspeó y escupió en el suelo. —

Demonios, no es más que un furúnculo en mi trasero. Lo mataré yo mismo si quieres.

Volviéndose hacia su compañero, Reece negó con la cabeza. —Obviamente no sabes nada sobre el padre Patrick Merry, o no estarías escupiendo esa diarrea verbal, Kelly.

—Bueno, sé que usa un vestido y pasa todo su tiempo hablando en esa destartalada iglesia suya. No hay nada de eso que me cause problemas, Reece. Me contrataste como pistolero, no para sentarme y silbar *Dixie*.

Suspirando, Reece giró. "Lo primero es lo primero, llevamos a Tobías aquí para que lo remienden".

—Doc. Wilson estaba en sus rondas. Una señora está dando a luz y él...

—Me importa un carajo lo que está haciendo Doc. Wilson. Conozco a una anciana que solía ser enfermera.

—Podríamos intentar con Wilson de nuevo. Si Toby dura tanto tiempo. Miró a su compañero y negó con la cabeza.

—Doc. Wilson ya habrá tenido noticias de lo que ha sucedido y enviará un telégrafo a la oficina del alguacil de los Estados Unidos en Cheyenne tan pronto como Toby esté en su puerta. No necesitamos ese tipo de problemas. Se supone que un mariscal vendrá aquí, de todos modos y no necesito más complicaciones. Además, la vieja Ma Donnington ni siquiera sabe que existen los cables telegráficos. Ella todavía piensa que Andrew Jackson es el presidente.

—¿Quien?

Sacudiendo la cabeza con desesperación, Reece volvió su mirada hacia la casa del rancho. "Esperaremos, y si Mario no aparece en otra hora, iremos a casa de Ma Donnington y luego recogeremos a Martindale. Tres de nosotros deberíamos ser suficientes para hacernos cargo del sacerdote".

—Si tú lo dices.

—Yo lo hago. Asintió con la cabeza hacia un grupo de artemisa. Ata los caballos allí. También podemos estirarnos mientras esperamos. Miró al cielo. —Nos quedan muchas horas de luz del día. Si no llueve, estaremos bien preparados para arreglar este espantoso lío antes de la puesta del sol.

Gruñendo, Kelly condujo a los caballos al monte mientras Reece saltaba de su montura y estiraba la espalda. "Pellejo arrugado, papá, viejo idiota obstinado," murmuró y miró a su alrededor buscando un lugar para acostarse y descansar antes de que Mario planeara llegar.

Kelly Jessup pasó las riendas alrededor de una de las ramas más sólidas y miró por encima del hombro hacia Reece, solo para verlo tirado en la tierra, con el sombrero inclinado sobre los ojos. Kelly se pasó la lengua por el labio inferior y repasó sus opciones. Le vendría bien poner al sacerdote en el suelo, especialmente a los ojos de Mario. Mario era un hombre al que el respetaba; uno con el que podía hacer negocios, cuya asertividad y fuerza lo convertían en un jefe de rango al que debía obedecer. Reece, por otro lado, era un exaltado y no mucho más; un hombre lleno de fanfarronadas que hablaba de una buena pelea pero que no tenía el temple ni las habilidades para llevarlo a cabo hasta el final. Su reacción ante la sugerencia de Jessup de eliminar al padre Merry reveló la profundidad de su enfoque de la vida sin coraje y sin ánimo. Un sacerdote, un hombre de Dios, no era alguien a quien temer, razonó.

Un fuerte gruñido sacó a Jessup de su ensueño y miró hacia arriba para ver a Reece, ahora claramente dormido, acostado de lado. Jessup esperó, conteniendo la respiración, el plan ya se estaba formulando en su mente. Si cabalgaba hacia la iglesia ahora mismo, podría terminar con todo esto antes de que hubiera comenzado. Mario lo recompensaría generosamente y todos podrían volver a vivir sus vidas y hacer lo que mejor sabían: divertirse, beber, apostar y ganar dinero. Así que, tan silenciosamente como pudo, tiró de su caballo y lo sacó del pequeño campamento.

Cada dos pasos, hacía una pausa para mirar hacia atrás y comprobar que Reece todavía estaba dormido. A estas alturas, el jefe de rango de Jessup roncaba ruidosamente y el pobre Tobías yacía de bruces. Sonrió y, una vez que estuvo fuera del alcance del oído, se subió a la silla y espoleó a su caballo a un galope suave. Pronto estaría en la iglesia y este personaje del Padre Merry obtendría lo que le correspondía.

CAPÍTULO SIETE

La elegante pero pequeña iglesia del padre Merry se encontraba a unos kilómetros de la ciudad y Ritter se acercó a ella a un trote constante. Las paredes de yeso pintado en blanco, las ventanas a lo largo de cada lado y un pequeño campanario coronado con tejas rojas, le daban al edificio un aire tranquilo y Ritter comprendió por qué la gente del pueblo esperaría llenar los bancos todos los domingos por la mañana. Tanto Wilbur el tabernero como Cable Hughes habían afirmado que los sermones de Merry se esperaban con impaciencia y que su rebaño estaba creciendo. La gente buscaba consuelo después de las incertidumbres de la guerra. Incluso ahora, con las hostilidades hace mucho tiempo, habían muchos que temían lo que veían como una tierra sin Dios. Hombres como Jesse James y John Wesley parecían subrayar estos sentimientos, a pesar de que muchos creían que estos asesinos eran campeones de los oprimidos. El miedo caminó junto a cada hombre, mujer y niño y Merry brindó esperanza para un mundo mejor.

Salvación.

Ritter se frotó la barbilla. Nunca había creído en tales cosas, pero ahora mismo, sentado a horcajadas sobre su caballo, ciertamente podía sentir algo más allá de lo visible. Quizás fue Dios.

Ató su caballo y subió los escalones de madera hasta la puerta con sus pesadas botas. En la cima, se detuvo para girar y contemplar la pradera abierta, el sendero que conduce a la ciudad de Arcángel cortaba una línea plateada a través de la hierba áspera. Si los hombres de los que le habló Wilbur vinieran en busca de venganza, esta sería la forma en que llegarían. Al menos tendría una amplia advertencia.

Suspirando, se volvió hacia la entrada de la iglesia, bajó la manija y abrió la puerta.

El olor a heno recién cortado, teñido levemente al final con cigarro y tabaco de pipa, lo recibió cuando entró. A pesar del techo bajo, sus pasos resonaban por el pequeño interior mientras caminaba por un pasillo central adornado con tablas del piso bellamente mantenidas.

Hacia la parte trasera, y a la derecha, había un púlpito, al que se llegaba por una serie de escalones. Los paneles ornamentados de roble, tallados, no eran algo que Ritter hubiera esperado ver en una pequeña iglesia rural. Frunciendo el ceño, se acercó y pasó los dedos por el intrincado enrejado, impresionado.

Un movimiento hacia la izquierda lo hizo girar medio agachado, con la mano derecha sacando el revólver Colt Cavalry de su funda, el martillo ya enganchado, todo el movimiento fluido, sin vacilar.

Quedó boquiabierto.

En la entrada del vestíbulo, una mujer estaba de pie, su rostro pálido por el miedo, pero sus labios llenos y sus ojos brillando. Sus manos se levantaron en súplica. “No dispares, extraño”.

Ritter bajó el martillo y se enderezó, estudiando a la mujer con atención. Por la forma en que se portaba, su vestido negro plisado, el pelo recogido bajo un sombrero, supuso que no tendría más de cuarenta años. Su piel inmaculada brilló cuando el color regresó lentamente a sus mejillas.

Deslizando la pistola en su funda, Ritter intentó sonreír. La sonrisa no fue devuelta. "Lo siento, señora, me tomó por sorpresa. No esperaba que hubiera nadie en casa, excepto el sacerdote".

Frunció el ceño mientras bajaba las manos, la tensión abandonó sus hombros. "¿Padre Merry? Él no está aquí."

—Ah. Ritter volvió a mirar hacia la iglesia. —¿Cuándo crees que regresará?

—No podría decirlo.

La miró mientras pasaba junto a él. Deteniéndose ante los bancos de la congregación, le lanzó una mirada penetrante. "¿Qué querría un hombre como tú con el padre Merry?"

"Solo un poco de información".

Ella soltó un gruñido desdeñoso. "Bueno, que yo sepa, fue a visitar a las chicas Parker". Otra mirada inquisitiva. "No eres de por aquí".

—No, señora, no lo soy. Se podría decir que estoy de paso.

Ella inhaló ruidosamente. —Lleva el olor de la pradera con usted, señor. Le vendría bien un baño.

Ritter se rio entre dientes y tocó el ala de su sombrero. "Me atrevería a decir que podría. Pero no tengo tiempo para esos lujos... A menos que, por supuesto, me lo ofrezcas, claro". Él sonrió, pero al ver que el rostro de ella adquirió una expresión de indignación y conmoción disgustada. "Bromeo, señora".

Apartando los ojos, con las mejillas enrojecidas, ella se alisó distraídamente la parte delantera de su vestido con quizás un poco más de vigor del necesario. "Me alegra oír eso." Continuó su camino por el pasillo. "He terminado con mis quehaceres aquí, señor. Me voy camino a casa." Se detuvo en la entrada principal. "Tengo que cerrar con llave".

—No pensé que las iglesias estuvieran cerradas. Echó otro vistazo a su alrededor. —No puedo decir que veo mucho aquí que valga la pena robar. ¿Qué hay detrás?

—Nada de lo que deba preocuparle.

—Supongo que no. Se acercó a la mujer y se detuvo junto a

ella, mirando su delgada figura. —Te vistes de negro, ¿es eso porque eres viuda?

Su mandíbula se sonrojó ligeramente. "Lo soy, así es. Perdí a mi marido por la tuberculosis, si quiere saberlo".

—Siento oír eso, señora. Hoy en día, todos estamos afectados por la enfermedad. La vio fruncir el ceño. —Perdí a mi esposa hace media docena de años. Los jóvenes también.

—Qué espantoso.

—Sí, lo fue.

Siguió un silencio incómodo, ambos perdidos en un momento oscuro cuando los recuerdos se hicieron grandes.

Por fin, la mujer respiró hondo. "Lo siento si soné dura antes, pero me sorprendiste y yo..."

Ritter levantó una mano. "Señora, soy yo quien debería disculparse. No tenía forma de saber que habría alguien adentro, salvando al sacerdote, por supuesto".

—Sí, dijiste que querías hablar con él. Hubo una terrible eventualidad en relación con alguien del rancho Scrimshaw. El padre Merry se enfureció cuando Suzanne Carrow vino para contárselo. No puedo decir por qué decidió cargar al padre Merry con noticias tan espantosas, pero lo hizo, y el padre Merry se volvió como un poseído, despotricando y delirando como él...

—He escuchado la historia, señora. Estaba en el salón de la ciudad cuando el padre Merry irrumpió y golpeó a un vagabundo que estaba allí.

—¡Oh Dios!

—Sí, señora. No era algo que una dama como usted pudiera presenciar. Esta señora Carrow, ella...

—Ella no está casada. Nunca lo ha estado. Ella es una puta.

Ritter parpadeó. "Oh. Te refieres al padre Merry, él..."

—El padre Merry pasa gran parte de su tiempo con los caídos, señor. Él hace el servicio del Señor al tratar de apartar a esas personas del camino del pecado y la corrupción.

—Por cierto, señora. ¿Le va bien?

—Lo intenta. Pero el peso de pecado es profundo y pesado.

Asintiendo, Ritter suspiró. "Bueno, supongo que administra qué y cuándo puede. Entonces..." se golpeó el muslo, "debo cruzar y encontrarlo. La casa de Parker, dijiste. ¿En qué dirección podría estar...?"

Él se quedó inmóvil.

El sonido de un caballo que se acercaba interrumpió repentinamente la conversación. La mujer fue a hablar, pero Ritter rápidamente se llevó un dedo a los labios. "Tranquila ahora", susurró, "quiero que te metas en esa habitación trasera. ¿Se puede cerrar con llave?" Ella asintió con la cabeza, sus ojos se abrieron con alarma. "Entonces hazlo. Y no salgas hasta que me escuches llamar, ¿entiendes? Otro asentimiento. "Bueno. Ahora lárgate".

Sin una palabra, ella recogió el dobladillo de su vestido y corrió por el pasillo hacia el vestíbulo. En la puerta, ella le lanzó una mirada y él giró la cabeza hacia adelante, instándola a entrar. Ella lo hizo y Ritter se tomó un momento para revisar su Colt. Luego presionó con cuidado la cara contra las puertas principales de la iglesia y miró por la rendija entre ellas.

El jinete solitario era un tipo de aspecto delgado, con el sombrero colgado hacia atrás de la cara para revelar una mata salvaje de cabello rojo. Conteniendo su caballo, esperó, escudriñando todo a su alrededor. Rascándose la barbilla, su mirada se posó en el caballo de Ritter. Pareció decidirse por un momento de pensamiento, giró en su silla y sacó un Winchester Modelo 1866 de la vaina que sostenía en el flanco de su propio caballo. Bajó de un salto, echó otro vistazo largo alrededor del exterior de la iglesia, accionó la palanca del rifle y avanzó poco a poco.

Ritter abrió las puertas de un tirón y saltó afuera, la Colt Cavalry apuntando infaliblemente hacia el pelirrojo, quien se detuvo a medio paso, boquiabierto.

Recuperándose un poco después de unos segundos, el pelirrojo gritó: "Ahora, ¿quién demonios eres tú?"

—Podría hacerte la misma pregunta, —dijo Ritter, mirando el

Winchester. —No parece que hayas venido aquí en busca de salvación.

—Oh, pero lo he hecho. Estoy aquí para ver al padre, y no me agrada mucho que apuntes ese cañón en mi dirección.

—Baja el rifle, muchacho, y dime cuál es tu negocio con el padre Merry.

—Creo que voy a decirle "no", señor, hasta que usted haga lo mismo con ese cañón. Me pone nervioso.

—Suelta tu rifle y di que te trae por aquí.

—No voy a decir nada, señor. No con esa cosa en mi cara.

—No te voy a preguntar de nuevo.

El pelirrojo desvió un poco la mirada, como si algo le hubiera llamado la atención. Se encogió de hombros, dobló las rodillas y dejó caer el rifle al suelo, luego se enderezó de nuevo con ambas manos levantadas. "Aquí estamos. Soy un buen niño cuando me piden que haga algo en un tono amable y educado".

Ritter gruñó y bajó el martillo de su Colt.

Algo lo golpeó en la parte posterior de la cabeza, algo duro y pesado, proyectándolo sobre los escalones de la iglesia hasta el suelo, al que golpeó con un ruido estruendoso. El polvo invadió su boca y fosas nasales, haciéndolo toser y farfullar, pero el dolor punzante en el cráneo hizo que todos los demás pensamientos se escabullasen a los rincones distantes de su conciencia. Un par de botas descoloridas entraron en su línea de visión, seguidas por el sonido de una carcajada. Le hubiera gustado haber levantado el revólver, así como la cabeza, pero ambas ideas eran demasiado difíciles y se deslizó hacia una oscuridad que lo consumía todo.

CAPÍTULO OCHO

"Vaya, vaya", se rio Kelly Jessup, poniéndose en cuclillas para pinchar al extraño inconsciente que estaba tumbado delante de él, "este no es un tipo muy agradable". Miró a la mujer del vestido negro que estaba frente a él, con una pala de mango pesado en las manos. "Gracias, señora. Es casi seguro que me hubiera matado".

—Lo reconocí como asesino en el momento en que entró en la iglesia.

Jessup se puso de pie. "¿Lo reconoció?"

—Sí, lo hice. Lo he visto antes, con su arma enfundada y ese brillo maligno en sus ojos. Viví en Dodge por un tiempo, cuando mi esposo trabajaba como alguacil allí. La cantidad de veces que vi a hombres como él llenando la cárcel es incontable.

—Bueno, me alegro, señora. Se me echó encima antes de que pudiera respirar. Solo venía aquí para hablar con el buen padre, informarle de lo que le sucedió a Tobías.

—¿Tobías?

—Sí, señora. Tobías Scrimshaw. "Creo que este sinvergüenza" (pateó con la bota en el costado del extraño, que no se movió) "mató a golpes al pobre Tobías hasta la muerte. El buen padre estaba atendiendo a una joven con la que este aquí" (otra patada) "había tratado de interferir".

—Buen señor.

—Lo sé. Difícilmente es increíble. Una tercera patada provocó que un leve gemido saliera de los labios del extraño.

—Pensé que podría estar muerto.

Jessup se encogió de hombros y soltó una fuerte carcajada. "No, señora, me temo que no. Dormido, eso es todo". Inclinó la cabeza. "¿Lo conoces?"

—Nunca antes le había visto.

—Pero me tienes a mí. Ella asintió y él también. —Sí, ahora que lo pienso... ¿no eres tú uno de los miembros del grupo de Ma Brimley?

—Solía serlo.

—Ah. Él rio entre dientes. "Me reconociste, ¿eh? Escuché que el padre estaba haciendo el buen trabajo del Señor en el burdel de Brimley, ayudando a las damas a encontrar a Dios. También escuché decir que no se trata tanto de convertir como de lo que le interesa, sino de *divertirse*". Echó la cabeza hacia atrás y se rio. Gritando de furia, la mujer blandió la pala. Pero Jessup se movió más rápido que un cascabel, se agachó bajo el swing completo, le dio un puñetazo en el abdomen y un gancho de izquierda en la mandíbula, tirándola ignominiosamente al suelo, donde quedó totalmente quieta, con un rastro de sangre goteando de su boca.

—Malditas putas de mierda —dijo, sacudiéndose las mangas en busca de algo que hacer. Girando los hombros, dejó escapar un suspiro antes de retroceder unos pasos para recuperar su Winchester. Sopló el polvo del mecanismo de disparo y, dando los pasos de un salto, entró en la iglesia. Levantó la voz. "Oye, Padre, ¿estás aquí?" Antes de caminar hacia la puerta del vestíbulo, se detuvo y escuchó. Satisfecho de que no había nadie, metió el pie por la puerta y se abrió camino al interior.

Trabajando rápidamente, Jessup atravesó un gabinete con frente de vidrio a su derecha, abriendo las puertas con tanta violencia que casi las arrancó de sus bisagras. Sacudió un par de copas de cobre y una bandeja de plata y cuando su mano rodeó una jarra de vidrio tallado medio llena de vino rojo rubí, dio un paso atrás, se llevó el lado abierto a los labios y bebió.

Jadeando, se pasó el dorso de la mano por la boca y se acercó a un pequeño escritorio. Abrió los cajones, tiró papeles y sobres vacíos y se inclinó hacia delante para mirar a lo lejos.

Después de unos momentos, tomó otro trago de la jarra y lo arrojó a la esquina, el vaso se rompió contra la pared. Se detuvo frente a una pintura enmarcada de Jesús en la pared opuesta y sonrió. "Bueno, bueno, Dios mío, ¿adónde ha ido ese pequeño sacerdote tuyo, eh?"

Estaba empezando a alejarse cuando vio el pequeño cuaderno encuadernado en negro tirado en el suelo. Habiéndolo dejado a un lado sin pensar, ahora se detuvo para considerar su significado, si es que tenía alguno. Arrodillándose, lo abrió y hojeó las páginas.

Los nombres, garabateados con una mano, lo miraban. Cada página está dedicada a personas individuales, todas mujeres. La capacidad de lectura de Jessup era rudimentaria en el mejor de los casos, pero incluso él podía reconocer nombres como Suzanne, Patricia, Eliza y, en el cuarto paso de las páginas, Natalia. Hizo una pausa, mordiéndose el labio inferior. "Natalia", dijo en voz baja. "O... Nati. Nati Parker. Bien que bien."

Se puso de pie y se inclinó extravagante hacia la pintura. "Gracias amablemente, Dios mío. Parece que has respondido a mis oraciones". Volvió a mirar la página y leyó en voz alta, en un tono entrecortado e incómodo, "la Gran-ja Par-ker". Él rio entre dientes. "Bueno, bueno, mi Señor Jesús. Creo que esa hermosa señorita tirada en el polvo con la mandíbula hinchada va a tener que decirme dónde está esta granja de aquí". Hizo un guiño al cuadro y salió, Winchester y el libro en la mano.

Continuaba riéndose para sí mismo del éxito de su trabajo de detective, salió a la luz del sol y entrecerró los ojos en el suelo hacia donde yacía la mujer.

Ella yacía sola.

"Estoy aquí".

Jessup se giró, dejó caer un libro y se acercó el Winchester.

Pero era demasiado tarde.

Demasiado tarde.

El Colt Cavalry del desconocido rugió en su mano, enviando dos balas a estrellarse contra el pecho de Jessup, lanzándolo de regreso a la iglesia para estrellarse contra el banco más cercano.

Se quedó allí, aturdido, confundido, lloriqueando mientras el latido de su corazón latía a través de los dos grandes agujeros en su pecho, bombeando la sangre, derramándola por la pechera de su camisa.

Una figura apareció frente a él.

—¿Para quién trabajas, muchacho?

—Oh... —dijo Jessup, —tendrás que adivinar, bastardo.

La pistola del extraño apuntó y volvió a disparar.

CAPÍTULO NUEVE

Contrayéndose del dolor, Ritter quería apartar su cabeza, pero los dedos de ella lo agarraron por la barbilla y lo obligó a mirarla de frente una vez más. "Mantenga la cabeza quieta, señor".

Ritter frunció los ojos. "Duele como el pecado, señora. ¿Por qué diablos me pegaste?"

—Pensé que eras un asesino. Parece que te juzgué mal.

Volvió a aplicar el paño húmedo en la cabeza de Ritter y luego lo sumergió en el cubo de agua que tenía a su lado. Escurriendo el material, empezó a frotar la herida de mal aspecto en el cuero cabelludo de Ritter.

—¿Te sientes bien?

Él gruñó. "Me siento un poco mal del estómago".

—¿Y tú visión?

—Todo estaba bien, hasta que me sentaste aquí y me haces pasar por este purgatorio.

—Necesita limpieza. Mi esposo me dijo que había visto a hombres morir en la guerra por la más pequeña de las heridas de bala. Se infectaron, eso dijo. Siguió los escritos de una mujer británica en Rusia que atendía a los enfermos y creía que la limpieza era el secreto para prevenir infecciones. Volvió a aplicar el paño y Ritter siseó. —Oh, silencio, no eres más que un bebé grande.

Decidido a soportar el resto de la limpieza en un silencio sombrío, Ritter se sentó en un taburete desvencijado y se miró las botas, mirando gotas rosadas que corrían de entre los dedos de la mujer y salpicaban el área abierta entre ellos. Después de dispararle al joven pelirrojo, Ritter había intentado volver a poner su arma en su funda, falló, tropezó y cayó. Había necesitado la mayor parte de su fuerza para levantarla de nuevo.

Por fin, terminó y se alejó para estudiarlo. "Voy a hacer unas vendas con el mantel del altar. Entonces tendrás que descansar".

Él la miró y frunció el ceño. "Usted no luce tan bien, señora".

Instintivamente, su mano se acercó para rozar la hinchazón debajo de su ojo. "Me pegó muy fuerte, ese montañés ofensivo".

—Nunca pude soportar a un hombre que pudiera golpear a una mujer. Es el signo de un cobarde, en mi opinión.

—Bueno, no puedo decir que no esté contenta de que lo hayas matado. Tengo la sospecha de que él es parte del grupo de Scrimshaw, y ninguna de esas alimañas aceptan ningún tipo de perdón de nadie que conozca.

—¿Conoces al grupo de Scrimshaw?

—Algunos. Para mi vergüenza.

—No entiendo.

—Déjame cortarte un vendaje y luego te lo explicaré. Creo que es lo menos que te mereces, después de que yo le diera un golpe tan fuerte e involuntario en el cráneo.

No pudo evitar reírse de la idea de que un movimiento de pala con todo el peso se calificara de "involuntario", pero de nuevo se quedó callado.

Se sentó en el taburete ante los escalones de la iglesia, a la vista de cualquiera que pudiera estar mirando. Un rifle Henry en manos de un francotirador tendido entre las colinas no muy distantes a su derecha podría acabar con él antes de que se diera cuenta. Se movió incómodo en su asiento y miró hacia el cadáver del pelirrojo y se preguntó de nuevo quién era. Si era uno de los chicos de Scrimshaw y, como suponía Ritter, había venido buscando venganza por lo que había hecho el sacerdote, ¿por qué había venido solo?

—Encontré brandy en el vestíbulo, —dijo, bajando los escalones con una botellita en una mano y un mantel blanco en la otra. "Podría arder algo".

Lo hizo y Ritter reprimió un grito cuando el alcohol tocó la herida abierta en la parte posterior de su cabeza. Para aliviar un poco su malestar, ella le entregó la botella y él la apuró, chasqueó los labios y sonrió. "Usted es una excelente enfermera, señora".

—Soy una puta, señor. Esto es lo que soy.

Ritter jadeó y la vio rasgar la tela en tiras largas y estrechas. Quejándose por sus esfuerzos, lentamente le vendó la cabeza. "Mi esposo y yo decidimos viajar al oeste para hacer algo con nuestras vidas, pero él sucumbió a la tuberculosis y me vi obligada a hacer lo que tenía que hacer para sobrevivir. Trabajé, si se puede llamar así, en el burdel de Madame Brimley en la calle principal de Arcángel".

—Perdóname, pero no pareces una puta.

—Ah, y lo sabrás, supongo.

"Bueno..." Él se movió en su asiento. "He estado con algunas, eh... haciendo tratos, como podría decirse".

El padre Merry me sacó de ese lugar olvidado de Dios. Pagó a la vieja Ma Brimley un precio justo, tengo que decir.

—¿Te *compró*?

—La vieja Ma Brimley había invertido mucho en mí, me había dado comida y alojamiento. Apenas había empezado con mi negocio de estar acostada cuando el padre Merry me acogió.

—Todavía no lo entiendo. ¿Por qué un viejo predicador haría algo así...?

—Hay muchas cosas que no sabe, señor, y no voy a llenar los vacíos por usted, pero le diré esto: el padre Merry no es mayor. Está tan en forma como cualquier macho joven que haya tenido...

Su voz se fue apagando, sus ojos se humedecieron. Ella inhaló ruidosamente. "Creo que planean matarlo. ¿Por qué otra razón enviar a un pedazo de baboso como él?" Señaló con la cabeza al pelirrojo muerto, "sino para asesinar al padre Merry".

—Creo que tiene razón, señora. Buscan venganza por lo que le hizo a uno de los suyos.

Cruzando los brazos, la mujer miró con aprobación su obra con el vendaje. "¿Y por qué lo buscas?"

—Creo que él podría ayudarme. Estoy buscando un viejo amigo y socio que creo que pasó por aquí.

—¿Un viejo amigo?

—Así es. Tenemos algunos... asuntos pendientes.

—¿Negocio? Creo que conozco tu negocio. Eres un caza recompensas, eso está bastante claro. Este amigo, ¿es un hombre buscado?

—Puedo ver que no tiene mucho sentido que te mienta.

—No, eso es seguro, señor. He visto mucho desde que llegué a este lugar plagado de piojos y lo que no he visto, puedo averiguarlo por mí misma. ¿Es un ladrón de bancos?

—No, es un asesino. Lo peor que hay. Mi intención es llevarlo ante la justicia o matarlo yo mismo.

—¿Por el dinero? ¡Dios mío, no eres mejor que él!

Ritter sopló los labios. "No solo por el dinero, aunque no negaré que ayudará a mi situación. No. Es más personal que eso". Se volvió y miró hacia las colinas distantes, preguntándose de nuevo si un rifle Henry podría apuntarle directamente. "Le disparó a mi hermano y lo mató a tiros, señora. Yo también estoy en el camino de la venganza".

CAPÍTULO DIEZ

Algunos años antes...

Era principios de 1871 y el viento frío cortaba los huesos cuando Chad Ritter se detuvo en el porche de la casa de su amada Diane y la besó en la mejilla.

Ella rio. "Oh, Chad, eres un amor, tengo que decirlo".

—Me haces feliz de estar vivo, —dijo, ajustándose el sombrero para hacer algo, incapaz de mirarla a los ojos, el calor subiendo por su mandíbula.

—Chad, estar vivo en sí mismo es un regalo de Dios.

—Lo sé, pero desde que te conocí, mi vida tiene sentido. Eso es lo que quise decir.

Una sombra cayó sobre ellos y Chad miró hacia arriba para ver al padre de Diane asomándose detrás de ella, sus grandes manos posándose sobre sus hombros. Impasible, miró a Chad con ojos ni duros ni amables. Y su voz, cuando habló, sonó sonora. "Chad, eres bienvenido aquí en cualquier momento, siempre que mi hija lo desee. La has cortejado durante tres meses y me complace escuchar tus palabras".

—Gracias, señor, es sólo mi...

—Pero tu ocupación me preocupa, Chad. Eso de barrer la pensión de Frank Shepherd no es una profesión que me inspire confianza para tu futuro. Si sus intenciones hacia mi hija son honorables...

—Papá, *por favor*, —intervino Diane, girando en el agarre de su padre, —Chad es un hombre honesto y honorable en todos los sentidos.

— Estoy seguro de que lo es. Pero, ¿qué seguridad puede ofrecerte?

—No estamos planeando casarnos, papá. Ella volvió una mirada tímida hacia Chad, que estaba parado con torpeza, arrastrando los pies. Tan pronto como apareció el padre de Diane, Chad se había quitado el sombrero y lo apretaba contra su pecho, girando el ala entre sus manos como si pudiera brindarle algún modo de protección. "Al menos no todavía."

—Es ese "todavía no" lo que me preocupa.

—Oh, papá... Suspiró ella profundamente.

—¿Qué tienes que decir sobre ti, Chad?

Aclarándose la garganta, Chad respiró hondo, intentando sofocar los nervios que se agitaban dentro de su pequeño cuerpo. "No tengo la intención de quedarme en la pensión por mucho más tiempo, señor Hetherington, señor. Ya he visitado a la Sra. Lomax..."

—¿La maestra?

—Sí, señor, la misma. Ella ha accedido a darme clases en letras y números, señor. Su esposo es el gerente del banco local y me ha asegurado un puesto como empleado si mis estudios tienen éxito.

—Bueno, supongo que eso es algo.

—*Verás*, papá, —gritó Diane, radiante, —Chad es un joven responsable que tiene un gran potencial.

El hombretón asintió, su boca se asentó en una delgada línea. Reflexionó sobre las palabras de Chad y, después de unos momentos, soltó un gruñido, un breve asentimiento y desapareció en el interior de la casa.

—Oh, Dios, —dijo Diane efusivamente, dando un paso

adelante para abrazar a Chad. —¿De verdad vas a la Sra. Lomax para estudiar?

—Claro que sí, —dijo, abrazándola. —Es lo que quiero hacer, Diane. Para nosotros. Para nuestro futuro. Es como te dije, nunca antes me había sentido así. Mi vida se siente completa.

"Dios te bendiga, Chad Ritter," y ella colocó su boca hacia la de él y lo besó.

Hizo todo lo que pudo para no estallar en grandes gritos de alegría mientras regresaba saltando a su pequeña habitación en la pensión de Frank Shepherd.

Tres días más tarde, cuando Frank encendió las lámparas de aceite que colgaban del techo del vestíbulo de la casa de huéspedes, Chad barrió los últimos restos del polvo del día en una pala y la volcó en el contenedor galvanizado que se llevó consigo. Cada área que limpió. Se apoyó en su escoba y Frank se colocó detrás del mostrador de recepción para revisar el pesado libro encuadernado que estaba allí. Colocando unos anteojos en el puente de su nariz, abrió el libro grande y pasó un dedo por la página antes de fijar su mirada en su joven empleado.

—Tengo algunos forasteros llegando esta noche, —dijo. —Su jefe de rango vino a verme antes para reservar las habitaciones. Por lo general, no hospedaría a vaqueros, ya que tengo mucha experiencia en su comportamiento un tanto salvaje, pero su jefe pagó mucho dinero, así que... Respiró hondo. "Chad, no espero problemas, pero sería prudente permanecer en tu habitación esta noche, incluso si las cosas se ponen difíciles. ¿Me entiendes?"

—Bueno, sí, señor Shepherd, pero no tengo ninguna intención de hacer tonterías con los vaqueros.

—No, estoy seguro que no, pero pueden ser rebeldes y descorteses. No quisiera un incidente, eso es todo lo que digo.

—Tenía la intención de visitar a la señorita Hetherington esta noche. Su madre me ha invitado a cenar.

—Ah... Frank se mordió el labio inferior, estudiando los nombres en el libro mayor quizás con más concentración de la necesaria. "Bueno, ¿quizás podrías entrar por la parte trasera?"

Chad gruñó, se dio la vuelta y terminó su último barrido antes de regresar a la pequeña habitación en la parte de atrás donde guardaba todos sus materiales de limpieza. Se preguntó por qué Shepherd debería estar tan preocupado por lo que podría suceder. Chad nunca le había dado a él, ni a nadie más, motivo para sospechar de él como un alborotador. Le irritaba que la opinión de Shepherd pudiera inclinarse a etiquetarlo como tal. Tratando de apartar la conversación de su mente, se ocupó con las últimas de sus tareas y luego se fue a su habitación en la parte superior de la casa para prepararse para su visita a Diane.

Un hombre delgado y fuerte vestido con un traje de lana marrón arrojó una bolsa de monedas sobre la mesa. "Tengo más de cien dólares en oro, con otros cincuenta más o menos en plata. Estoy aquí, caballeros, para relevarlos de los suyos". Riendo a carcajadas, se reclinó en su silla, los pulgares clavados en su cinturón. Con su chaqueta abierta, el Remington en su cadera era claramente visible.

—Le ruego diferir, —dijo otro hombre grande enfrente, derramando el contenido de su bolso de cuero. "Tengo suficiente aquí para avergonzarte hasta la derrota, Hardin. Luego, cuando terminemos, me inclinaré y podrás besar mi dulce trasero".

Los otros cuatro hombres que estaban apiñados alrededor de la mesa estallaron en carcajadas ante esto, seguidos de muchas palmadas en la espalda y comentarios murmurados, la mayoría de los cuales el hombre delgado llamado Hardin ignoró. "Ya veremos, Charley, ya veremos".

Shepherd se inclinó sobre el mostrador de recepción y se aclaró la garganta. "Muchachos, tengo que recordarles que esto no es un salón. El licor no está disponible".

—Regaño señalado, —dijo uno de los otros, el mayor del grupo, que se agachó debajo de la mesa y regresó con un frasco de piedra con cuatro cruces toscamente dibujadas en su superficie. "Tengo aquí algunos de los mejores purés agrios de este lado del Mississippi, añejados en barricas de roble y proporcionados aquí para que mis buenos amigos puedan participar".

Más risas. Hardin, sonriendo, miró a Shepherd. "¿Sería posible proporcionarnos vasos, señor? No tengo muchas ganas de tragarme la saliva de estos buenos tipos, a pesar de que son de carácter noble..."

"Nacimiento aún cuestionable", intervino Charley rápidamente y todos rugieron de nuevo.

Shepherd miró duramente al grupo, sabía que no había mucho que pudiera hacer, suspiró y se apartó de la recepción. "Veré lo que puedo hacer."

Fue a la habitación trasera justo cuando Chad bajaba las escaleras. "Oh, lo siento Sr. Shepherd, pero estoy de camino a..."

—No te apresures en volver, Chad, —dijo Shepherd con aire resignado. —Esta noche va a ser larga y pronto se convertirá en un caos.

—Suenan lo suficientemente alegres.

—Oh, lo están en este momento, pero recuerde mis palabras, una vez que algunos de ellos comiencen a perder sus merecidas piezas de plata, comenzarán a maldecir y gritar.

—¿Ya les han pagado?

—Fueron a ver una carrera de caballos en este lado del condado de Limestone y un individuo de aspecto delgado llamado Hardin parece haberlo hecho bien. Llenó sus botas, podría decirse.

— ¿Condado de Limestone? Escuché que las cosas no están tan bien allí, señor Shepherd.

—Hay ley de alguaciles allí, sí, y no es un lugar al que me gustaría llevar a mi abuela.

—Bueno, esperemos, señor Shepherd, que se vayan mañana y podamos volver a la vida normal.

Shepherd posó una mirada estudiada en su joven empleado. "Chad, eres sabio para tus años. Pasemos esta noche sin incidentes, entonces podremos hacer exactamente lo que dices".

Chad se bajó el sombrero y salió a la noche, sintiendo que

había cambiado de alguna manera la opinión de Shepherd sobre él.

Después de la cena, que estuvo marcada por una buena conversación y grandes elogios de la madre de Diane, Chad llevó a Diane al porche, donde se quedaron muy cerca, abrazados, las caras volteadas hacia el cielo salpicado de estrellas. Desde algún lugar en la distancia, una lechuza hizo sentir su presencia y Diane suspiró, se apretó contra su pecho y murmuró: "Ojalá todas las noches pudieran ser tan hermosas como esta".

—No hay ninguna razón por la que no pueda ser. Cuando tengamos nuestro propio lugar, podremos hacer exactamente lo que estamos haciendo ahora.

—¿De verdad lo crees?

—¿Por qué no? Solo necesitamos paciencia, eso es todo.

—Papi dijo que habló con el señor Lomax y descubrió que lo que dijiste era cierto.

Chad se puso ligeramente rígido y se soltó de su agarre. "¿Y por qué no debería ser así?"

—Oh, no empieces a preocuparte por nadie, Chad. Papá solo quiere lo mejor para mí, eso es todo. Él está muy impresionado con tu decoro, puedo decirte eso.

Chad dejó escapar un largo suspiro. "No entiendo por qué la gente siempre piensa lo peor de mí. El viejo Shepherd, más o menos me dijo que era un exaltado".

—No lo hizo.

— Él también lo hizo, diciéndome que me quede fuera hasta que todos los invitados que pagan se hayan ido a dormir. ¿Sabes lo que estaban haciendo cuando vine a llamarte? Jugar al póquer y beber whisky. ¡Y yo soy el exaltado!

—¿Quizás pensó que *eran* peligrosos?

—No, soy yo por quien él se cuida. Igual que tu padre al visitar a Lomax, ¡para ver cómo estoy!

—No permitas que eso te moleste, Chad. Él está complacido contigo y con la seriedad de tus intenciones.

—Sé que no soy un tipo bien educado y limpio, y es por eso

que estoy diciendo lo que estoy diciendo. A tu papá nunca le he gustado. Él siempre ha...

—No, eso no es así, Chad. Le gustas. Solo quiere estar seguro, eso es todo.

—¿Seguro de qué? ¿De qué yo puedo proveer para ti? ¿Qué puedo mantenerte en la forma en que estás acostumbrada?

—Algo como eso. No te enojes por lo que ha dicho y hecho. Le complace encontrar a un joven bueno y saludable. Él te ha dado su consentimiento.

—¿Lo ha hecho?

—Por supuesto que lo ha hecho. Lo atrajo hacia ella y esta vez no hubo resistencia de su parte. "Ahora, disfrutemos el momento. Es casi la hora de que te vayas".

Se inclinó hacia delante y la besó.

Caminaron por el largo camino que conducía desde la impresionante casa de Diane hasta el cruce con la carretera principal que conducía a la ciudad. En la puerta de cinco barras, la envolvió en sus brazos y la besó de nuevo. "Te amo, Diane", dijo en voz baja, las palabras hicieron que se le formara un nudo en la garganta. Pero lo decía en serio. Esa noche, cenando con sus padres, disfrutando de una buena conversación, en la que se mantuvo firme y demostró su inteligencia y buena educación, le había demostrado, si necesitaba alguna prueba, que ella era la chica para él.

—Estoy emocionado, realmente eres preciosa.

Chad se congeló y, por un momento, creyó que se había adentrado en otro mundo, una existencia más dura y mucho más fría. Miró a los ojos grandes y ovalados de ella y supo que era cierto, se dio la vuelta y los vio: tres hombres, vestidos con polainas de cuero, seis pistolas, y borrachos.

—No creo haber visto a nadie tan bonita como ella, ¿no están de acuerdo, chicos?

Sus dos compañeros se rieron a carcajadas y murmuraron sumergidos en el alcohol.

—¿Cuál es tu nombre, pequeña hermosura?

La casa estaba sumida en las sombras, la diminuta lámpara del porche apenas podía distinguir la figura de la madre de Diane, pero su voz aguda penetró el aire de la noche. "¡Diane, vuelve aquí ahora!"

Diane se dio la vuelta en sus brazos y le susurró: "¿Quiénes son?"

Chad se encogió de hombros y se dirigió hacia ellos mientras estaban claramente delineados por la luz de la luna. "¿Qué les importa, chicos?"

"¿Qué nos importa? Y todavía lo preguntas, creo que me estas insultado, joven amigo".

El desconocido principal se acercó un paso más y Chad notó sus pistolas gemelas, su arrogancia tosca, el trozo de paja colgando de sus crueles y delgados labios. Una masa de cabello rubio quebradizo brotaba de su sombrero y mientras jugaba con un mechón sobre su oreja derecha, su rostro se abrió en una amplia sonrisa. "¿Me estás desafiando?"

—Solo estoy preguntando qué es lo que quieren.

—Ah. El rubio metió los pulgares en el cinturón de su arma y se balanceó hacia adelante y hacia atrás, la arrogancia rezumaba por todos los poros. "Estaba pensando que te estabas preparando para desafiarme, muchacho."

—No, todo lo que pregunto si no te importa que me repita, es ¿qué es lo que quieres?

—¿Contigo? Nada en absoluto. Pero con la bella dama... ahora, ella me gusta más.

Dio un paso adelante e inmediatamente Chad se colocó entre Diane y el vaquero rubio tosco.

"*Diane*", volvió a gritar su madre, con la voz entrecortada, "¡*es hora de que entres*!"

El vaquero miró lascivamente, lamiendo sus labios. "Ahora chico, estás poniendo a prueba mi paciencia".

Pero Chad se mantuvo firme, incluso cuando la mano del vaquero cayó sobre la culata de uno de sus revólveres.

—No tengo un arma, señor, —dijo Chad, estremeciéndose un

poco cuando Diane se encogió detrás de él, emitiendo pequeños gemidos desde el fondo de su garganta, "pero pelearé contigo, no te equivoques".

—Bueno, qué valiente eres.

—Chad, volvamos adentro, —dijo Diane.

—Sí, Chad, —dijo el vaquero con una risita, —¿por qué no vuelves a entrar? La señorita y yo tenemos algunos asuntos que atender.

—Ah, diablos, Guthrie —dijo uno de los otros desde la oscuridad—, dejemos en paz a estos dos tortolos. Hay muchas más jóvenes en la ciudad.

—Sí, Guthrie, —dijo otro, —no necesitamos problemas con los lugareños.

Mordiéndose el labio inferior, Guthrie consideró las palabras de sus compañeros, soltó una sonora carcajada y luego movió el dedo frente a Chad. "Chico, local o no, si te vuelvo a ver, te daré una paliza".

—Cuando quieras.

Guthrie, gruñendo, fue a dar otro paso, pero una mano inmovilizadora lo sujetó por el hombro cuando uno de sus compañeros se acercó a él. "Déjalo, Guthrie. Ya es tarde. Volvamos y tomemos unas copas. Tenemos que partir temprano en la mañana".

Guthrie gruñó en voz baja y se alejó a regañadientes, sin apartar los ojos de Chad. Uno de los otros se quitó el sombrero hacia Diane y pronto fueron tragados por la noche, y una fuerte carcajada resonando en la oscuridad.

—Oh, Dios mío, —dijo Diane, hundiéndose en el pecho de Chad, —qué hombre tan horrible.

—Hay muchos como él, cariño. Te acostumbras.

—No creo que me vaya a acostumbrar nunca a alguien como él.

—Bueno, no es necesario. Ahora se han ido y, como dijo uno de ellos, se van mañana. Entonces, no hay más necesidad de preocuparse.

—¿Te hubieras peleado con él, Chad?

—Para salvar su honor, la apretó con fuerza, —lucharía contra el mundo entero.

Deambulando por la calle principal de Arcángel, Chad trató lo mejor que pudo de no pensar en el vil Guthrie, concentrándose en cambio en la velada que pasó en compañía de Diane y sus padres. Pero, incluso con las imágenes de la encantadora y radiante cara de Diane llenando su mente, Guthrie siempre aparecía: su rostro gruñón, los labios echados hacia atrás sobre los dientes rotos, la mano flotando cerca de su arma. Quizás si el propio Chad lucía un revólver, las consecuencias podrían haber sido considerablemente peores, ya que Chad estaba seguro de que el vaquero era hábil con las armas de fuego, así como con los puños. Toda una vida en el campo le habría enseñado una enciclopedia completa de trucos y movimientos y Chad, colocando su llave en la entrada trasera de la pensión, sintió que al final, las cosas habían salido bien.

Cuando abrió la puerta, una carcajada lo recibió desde el comedor y soltó un largo suspiro. Esto era lo que Shepherd le había advertido. Tomándose su tiempo, fue a subir los escalones de madera que conducían a su habitación en la parte superior de la casa.

La puerta que comunicaba con el comedor se abrió de par en par y Shepherd entró, con la boca abierta al verlo. "Oh, Chad. ¡Gracias a Dios!"

Al abrir la puerta y quedarse allí, estaba permitiendo a los que estaban en el comedor una vista clara del pequeño almacén.

Y Chad también pudo mirar al frente y ver a los hombres reunidos alrededor de una mesa, cartas en la mano, cigarrillos humeantes, la jarra de whisky haciendo sus rondas.

Pero no solo los que se sentaron.

Los que estaban de pie mirando la partida también.

Uno de los cuales ahora fijó su dura mirada en Chad.

"Ah, mierda", respiró Chad.

Con el ceño fruncido, Shepherd miró desde su joven

empleado a los jugadores de cartas en la sala y viceversa. "¿Qué sucede, Chad?"

Antes de que Chad pudiera dar una respuesta, la delgada figura de Guthrie pasó junto a Shepherd, con la mandíbula sobresaliendo hacia adelante, los pulgares en el cinturón de su arma, esa agresiva arrogancia demasiado obvia en el resplandor de la lámpara de aceite que colgaba del techo. "Bueno, bueno, no es este el joven Casanova?"

—¿Qué diablos estás haciendo, Guthrie? Vino una voz desde dentro.

—Terminar algo, eso es lo que.

Rápidamente, Shepherd levantó las manos. "Escuche, amigo, me aseguraron que no habría problemas en mi establecimiento".

—Oh, no habrá ningún problema aquí, señor, suspiró Guthrie, entrecerrando los ojos mientras miraba a la cara de Chad. "Afuera, chico. Estoy a punto de darte una lección de modales".

—No hay necesidad de eso, señor, —dijo Chad, incapaz de ocultar el miedo en su voz.

—Estabas lleno de entusiasmo frente a tu chica, pero no eres tan grande y valiente ahora, ¿verdad, muchacho?

Guthrie se acercó un paso, pero Shepherd extendió la mano para detenerlo. Guthrie gruñó y apartó la mano. Shepherd era un hombre grande, pero sus días de lucha habían quedado atrás y Guthrie estaba bien educado. Su puño derecho se estrelló corto y afilado en las costillas del propietario del hotel. El aliento de Shepherd salió como en una explosión, se dobló y cayó de rodillas, con fuertes arcadas.

Chad bajó de los escalones a toda prisa, la ira venciendo su miedo y su buen sentido. Levantó los puños y lanzó una izquierda salvaje, que Guthrie evadió fácilmente. El vaquero lanzó un brutal gancho que conectó bajo la barbilla de Chad, lo levantó y lo envió a estrellarse contra la puerta de la trastienda. Las viejas y deformadas vigas cedieron y Chad cayó en la noche y quedó tendido en el suelo, con los sentidos aturdidos por el golpe.

Desde algún lugar de los límites de su conciencia, escuchó voces, algunas de ellas regodeándose, otras gritando, suplicando. Quizás uno era de Shepherd.

“¡Dios mío, ya es suficiente! Es solo un niño”.

Otro, burlón, casi seguro de Guthrie. “Él va a pagar por deshonrarme”.

Y otro, burlista, suave, pero tanto más aterrador. “Déjalo ahora, Guthrie, tu orgullo hará que te maten uno de estos días”.

Pero luego todos se fusionaron en una forma de ruido enredado cuando la cabeza de Chad nadó y sintió que una sustancia viscosa caliente y pegajosa goteaba de la parte posterior de su cráneo.

Shepherd, aun tambaleándose, logró acercarse hacia Chad y levantarlo en sus brazos. “Ah, maldita sea, aquí se rompió la cabeza con una piedra". Giró su rostro hacia los hombres reunidos en la entrada débilmente iluminada. "Maldito seas, bastardo”.

Con el rostro contorsionado en un ceño demoníaco de rabia, Guthrie saltó sobre el dueño del hotel, lo agarró por el cuello y lo golpeó de lleno en la nariz.

Shepherd cayó hacia atrás y se derrumbó en el suelo, aturdido, con la sangre goteando de su nariz rota. Por un momento, no tuvo mucho sentido mientras las imágenes bailaban frente a él y creyó ver à Chad ponerse de pie de manera vacilante.

—Chad, —dijo Shepherd, —Chad, siéntate y deja pasar todo esto.

—No puedo hacer eso, Sr. Shepherd.

Vio que Chad agarraba a Guthrie por el hombro y lo giraba. Una izquierda sólida se conectó con la mandíbula del hombre y se tambaleó hacia atrás, asombrado por la audacia del joven.

—Chad, —dijo Shepherd, luchando por ponerse de pie, —ya es suficiente.

—Al demonio con esto.

Pero entonces Guthrie tenía su arma en la mano y estaba sonriendo. "Hijo de perra. Nadie me lanza un puñetazo, pequeño bastardo".

—Guthrie, —gritó el delgado hombre, que Shepherd recordaba que había ganado generosamente en las carreras de caballos, —guarda el arma antes de hacer algo estúpido.

—Vete a la mierda, Hardin, bueno para nada. No me dirás qué hacer.

Guthrie se volvió, con el arma todavía allí, pero ahora apuntando hacia el hombre al que había llamado Hardin. Hardin simplemente suspiró y se quitó el abrigo. Los demás, que ya se habían desparramado por la calle, se apartaron, murmurando algunas palabras de advertencia para ambos hombres, pero principalmente para Guthrie.

—Ríndete, Guthrie, o, ayúdame a enterrarte.

"¿¡Qué demonios!? Ni siquiera sacaste el arma," se rio Guthrie. —Te mataré primero, luego a estos dos bastardos.

—No, no lo harás. Vamos a quedarnos tranquilos, y lo haremos ahora.

Guthrie levantó su arma y disparó varios tiros, ninguno de los cuales dio en la casa. Hardin le devolvió el favor y su Colt ladró con fuerza en el aire de la noche.

Más tarde, Shepherd le contó al periódico local que ambos hombres no podían estar a más de quince pasos de distancia, pero la mayoría de los disparos se desviaron ampliamente. Guthrie recibió una ronda en el estómago y cayó. Chad, que ahora estaba expuesto al fuego cuando Guthrie se derrumbó, recibió los siguientes dos disparos en el pecho.

Con ambos hombres caídos, se hizo un terrible silencio, solo roto por Hardin que derramó cartuchos gastados al suelo. Una vez recargado, se acercó a Guthrie. El vaquero rubio miró hacia arriba y suplicó: "Por favor, John, no me dispares más".

Pero Hardin lo hizo. Una sola bala entre los ojos.

Y entonces se acabó.

CAPÍTULO ONCE

1*873, dos años después de la muerte de Chad.*

"Mi buen Dios del cielo, esa es una historia espantosa".

—Sí lo es. Hardin asesinó a mi hermano a sangre fría y pagará con su vida lo que ha hecho.

Cabalgaban uno al lado del otro, ella en el caballo del pelirrojo y Ritter en el de él. Mientras cabalgaba, observó el campo circundante, sintiéndose dividido entre explicar más a esta mujer que casi lo había matado y dejar que su explicación se cocinara. Al final, el soltó un suspiro y detuvo a su caballo. Ella se detuvo, mirándolo de una manera curiosa mientras él revolvía en sus alforjas. Sacando un envoltorio aceitoso, lo abrió con una reverencia y le arrojó un papel de periódico cuidadosamente doblado.

—No puedo leer todas las palabras, pero aquí está todo, escrito para los periódicos. Shepherd, el propietario de la pensión, lo contó todo tal como lo vio. Lo agitó delante de ella. "Léelo si no me cree".

—Nunca dije que *no* te creía.

—Aun así.

Después de un momento de vacilación, extendió la mano, desdobló el papel y lo leyó. Ritter esperó pacientemente.

Él la miró. Su labio inferior se arrugó y murmuró para sí misma en tonos bajos mientras leía. Inclinando la cabeza, dijo en voz alta, —Aquí dice: "*Y yo sabía que era el pistolero Hardin, porque todos sus asociados lo llamaban así. Uno le dijo que debería correr, ya que una pandilla seguramente lo colgaría. Entonces él tomó vuelo en su caballo y los demás corrieron. Hasta donde yo sé, soy el único que ha dado un paso adelante para dejar de lado lo que sucedió esa fatídica noche. También me tocó decirle a la prometida de Chad y eso es algo que no deseo soportar nunca más, porque la noticia le rompió el corazón, incluso ahora, pasa la mayor parte de sus días llorando por su amor perdido*".

Se sentó a horcajadas en su caballo en silencio durante mucho tiempo antes de volver a doblar con cuidado el papel y deslizarlo dentro del envoltorio una vez más. "Eso es bastante horrible". Ella extendió la mano y Ritter tomó el papel y lo devolvió a su alforja. Sin embargo, no estoy tan segura de lo que hará matar a este Hardin. No saldrá nada bueno de eso".

—Me hará descansar mucho más fácil, señora.

—¿Estás seguro de eso?

—Tan seguro como puedo estar de cualquier cosa en este incierto mundo nuestro.

—Bueno, debo confesar que me sentiría mucho más cómoda con la idea de que lo entregues para enfrentar la justicia, en lugar de hacerlo tú mismo.

—Así es como hago las cosas.

—Eso puede ser así, pero no significa que sea correcto.

—Ojo por ojo y todo eso: conoces la Biblia y eso es lo que dice.

—¿Lo dice? ¿Y cuándo fue la última vez que la leíste?

Ritter hizo una mueca, se dio la vuelta y estudió el camino que tenía delante. A unos cien pasos, se desvió hacia la derecha y una bifurcación a la izquierda serpenteaba hacia la ciudad. "¿Por dónde debemos ir para llegar a la casa de Parker?"

—Hacia la derecha. Corta la ciudad y cruza a varias granjas y granjas periféricas. No hay garantía de que el Padre todavía esté allí.

—Creo que elegirá quedarse ahí y esperar a que lleguen los *compadres* de ese pelirrojo. Él la miró detenidamente. —¿No estás ansiosa por asegurarte de que él todavía esté vivo?

Un ligero enrojecimiento se intensificó alrededor de la línea de la mandíbula y, por primera vez, notó que su habitual seguridad daba paso a la incertidumbre, incluso al miedo. Se dio cuenta en ese momento que esta mujer curiosa, tan dispuesta a casi llevarlo a la tumba, tenía una conexión emocional con el buen Padre.

—¿De qué estás sonriendo tan satisfecho?

Ritter se sobresaltó, el tono áspero y acusador de ella lo hizo enojar. "No lo estoy", dijo rápidamente.

Sin estar convencida, movió las riendas y el caballo del pelirrojo muerto avanzó obedientemente. Observándola desde atrás durante unos momentos y gustándole lo que vio, Ritter se acercó a ella y juntos, deambularon por el sendero de la derecha, sin que intercambiaran alguna otra palabra entre ellos hasta que llegaron a su destino: el rancho Parker.

CAPÍTULO DOCE

Girando sus hombros bajo la áspera tela de su hábito, el padre Merry se dirigió a la pequeña estufa apiñada en el rincón más alejado de la habitación y se ocupó de beber café molido antes de poner una olla nueva en la llama. Captó una fuerte inspiración de Nati detrás de él y se volvió para ver. Se quedó mirando por la única escotilla junto a la puerta principal. Se acercó a ella y posó la mano sobre su delgado hombro. "¿Qué sucede?"

—Jinetes, —dijo, la sola palabra envió un escalofrío al sacerdote. Se inclinó hacia adelante y siguió la dirección de su mirada.

Sin decir palabra, Nati recogió la carabina Spencer y la comprobó por enésima vez.

—Dos, —dijo Merry, calculando las probabilidades. "No es lo que esperaba".

—Quizás más han bordeado por detrás. Puede que no los haya escuchado.

—Has estado buscando su enfoque con bastante entusiasmo. Creo que esto es todo lo que hay.

Gruñendo desdeñosamente, Nati fue a la puerta para levantar la barra.

—¿Qué estás haciendo?

—Voy a salir y ver qué quieren.

—¿Y si es una trampa?

—Los patearé primero, no se preocupe, padre.

Negando con la cabeza, Merry se acercó a ella y su revólver se materializó en su mano. “Mejor déjame.” Él sonrió. “Me cubres desde la ventana. Tienes mejor alcance que yo, y tu puntería será mucho más segura si usas la cornisa de apoyo”.

—¿Y si sospecho algo?

—Gritaré, y luego les disparas.

A pesar de la atmósfera tensa, sonrió. “Dios este contigo, Padre”.

Besó sus dos primeros dedos y los presionó contra su frente antes de levantar la barra y salir.

Parpadeando bajo la intensa luz del sol de la tarde, dio unos pasos a su derecha, lo que le permitiría a Nati un disparo claro desde la escotilla si surgía la necesidad. Sin embargo, mientras observaba el acercamiento de los jinetes, no estaba tan seguro de si tal evento sería necesario. Frunciendo el ceño, estudió a la pareja que se acercaba y sintió que se le secaba la garganta.

—Oh, dulce Jesús, —dijo. “¡Es Grace!”

Antes de que Nati pudiera dar una interjección significativa, Merry echó a correr, todos los pensamientos de seguridad personal desaparecieron en un instante.

Con la boca estirada en una amplia y abierta sonrisa, la vio saltar de la silla, con el rostro iluminado de alegría. Sus brazos ya se estaban abriendo para darle la bienvenida, pero, mientras corrían uno hacia el otro, miró al otro jinete, notó la sonrisa medio burlona que tenía y algo parpadeó en su memoria. Reconoció al extraño alto y esbelto, pero no pudo determinar de dónde.

Y luego ella estaba en sus brazos, riendo a carcajadas. La hizo girar una y otra vez, su boca se cerró sobre la de ella y de repente nada más en el mundo importaba.

—Oh, Dios mío, pensé que nunca te volvería a ver, ella jadeó, presionando su rostro contra el gran pecho de él.

El la abrazó, su mejilla descansando sobre su cabeza. Era enorme comparado con ella y la sensación de ella en su abrazo envió un pulso de deseo a través de todo su ser.

—No quiero imponerme a ustedes dos tortolos del amor, — dijo el extraño con una sonrisa, —pero creo que tenemos que prepararnos para lo que viene, padre.

Aun sosteniéndola, Merry volvió la mirada hacia el extraño, quien ahora había cruzado una pierna sobre la otra mientras estaba sentado a horcajadas en su caballo y se estaba enrollando con indiferencia un cigarrillo con tabaco sacado de una pequeña bolsa que colgaba de su silla... Entrecerrando los ojos, Merry miró la pistola enfundada y el abrigo de cordón color arena que, como el resto de su ropa, parecía cubierto con una gruesa capa de polvo. La mayor parte de la atención de Merry, sin embargo, se centró en una cicatriz de un rojo vivo que asomaba por debajo del pañuelo manchado de sudor del hombre. "¿Te conozco?"

—No nos han presentado formalmente, —dijo el extraño, metiéndose el cigarrillo en la boca, —pero como que nos tropezamos el uno con el otro cuando le pegaste una paliza a un gordo bastardo en la ciudad. Él sonrió, encendió una cerilla en su muslo y encendió cigarro.

—Eso todavía no me dice quién eres. Sin siquiera apartar la vista del extraño, Merry movió suavemente a Grace hacia un lado, revelando el revólver en su mano.

Soltando una corriente de humo, el extraño señaló con la cabeza hacia el arma de Merry. "No se le esté metiendo en la cabeza, que puede usar esa cosa conmigo, padre", dijo, tirando la cerilla gastada. "Sería una lástima tener que matarte, especialmente porque creo que tienes algunas noticias que darme".

—Patrick, —dijo Grace en voz baja, sus manos delgadas se cerraron alrededor de las de Merry, —este hombre me salvó de ser atacada por el hombre más horrible que he conocido.

Merry frunció los labios, percibiendo la forma en que la mano del extraño parecía tan relajada y tan lejos de su arma. Seguramente no haría falta mucho para meterle una bala. “Es un pistolero”.

—No, —dijo el hombre a caballo, —soy lo que se llama cariñosamente un “caza recompensas”. Mi nombre es Gus Ritter y estoy buscando al bastardo que mató a mi hermano". Se inclinó hacia adelante, su mirada penetrante. —Puedes decirme dónde está, así me lo dijo Wilbur en el salón. Pero, si no me equivoco, los amigos de ese gordo vagabundo vendrán aquí para vengarse de ti, y yo estoy aquí para evitarlo. Mientras tanto, debe decirme adónde fue John Wesley Hardin.

Con el ceño fruncido, Merry devolvió muy lentamente su revólver a su escondite debajo de su hábito, pasó el brazo por los hombros de Grace y la atrajo hacia sí. “Tú me ayudas, yo te ayudaré”.

—Ahora, eso es un trato justo, padre. Ritter se enderezó y fumó su cigarrillo en silencio.

—¿Cuánto tiempo crees que tenemos?

—Difícil de decir. Pero el tiempo suficiente para prepararse. Enviarán un pequeño ejército aquí, padre. Pero supongo que una vez que le quitemos la cabeza, el resto de la bestia la rastreará hacia donde sea que haya venido.

—Ese será el rancho Scrimshaw.

—Dime quién es y lo mataré.

—Es más que un caza recompensas, señor. Eres un asesino frío como una piedra.

—Soy un montón de cosas, padre, la mayoría de las cuales no quiere saber. Pero haré lo que sea necesario para poner a Hardin bajo tierra. Dio una última calada a su cigarrillo y lo tiró. —Entonces, preparemos nuestro comité de bienvenida.

CAPÍTULO TRECE

Acompañado por cinco vaqueros bien armados y de aspecto enojado, Mario cabalgó desde el rancho de su padre a través del campo abierto hacia Reece, quien esperaba, mordiéndose el labio con ansiedad. Sin ningún atisbo de saludo, Mario detuvo su caballo y se sentó allí, respirando con dificultad. Pasó mucho tiempo estudiando a su hermano, su mirada sin parpadear y fría, antes de girar la cabeza para mirar a Tobías, que estaba sentado contra un grupo de rocas, los ojos cerrados, la cara hinchada, gimiendo. "Luce mal".

—Él *está* mal.

—Entonces, ¿por qué diablos no lo has llevado a Doc. Wilson?

—Esa era mi intención.

—¿Entonces qué pasó?

—Jessup. Se encargó de tomar el asunto en sus propias manos, por así decirlo.

—¿Qué diablos significa eso?

Incluso para las miradas más casuales, sería evidente que este orador no era como los demás. No solo en su atuendo, que se componía casi en su totalidad de prendas negras, ni en los revólveres gemelos enfundados en su cadera, con las cachas hacia adentro, sino en su mirada helada que parecía congelar el alma de cualquiera que lo mirara. Reece lo sintió ahora y, a pesar de sus mejores esfuerzos, experimentó una inquietante agitación dentro de su estómago. Trató de sostener la mirada del hablante, pero falló y desvió la mirada, desinflado. "Se fue a caballo".

—¿Se fue? ¿Quieres decir que lo enojaste?

Reece levantó la cabeza, desafiante, con los rasgos distorsionados con un furioso ceño fruncido. "¡No! Le dije que no se fuera a enfrentar al cura, pero así lo hizo".

—¿Y por qué no fuiste con él?

—Me encontraba dormido.

—*¿Dormido?* Otro hombre avanzó poco a poco su caballo, su rostro duro, los ojos brillantes, ardiendo con una rabia furiosa.

—Espera, Martindale, —dijo Mario rápidamente.

Sin comprobar su avance, Martindale ignoró la orden de Mario y se acercó sigilosamente a Reece, quien se marchitó bajo su mirada. "¿Te quedaste dormido y él se escapó?"

—Eso es todo.

—Entonces, no solo no llevas al pobre Toby aquí donde el Doc, sino que no tienes la arena para ir y enfrentarte a este sacerdote de mierda por ti mismo.

—No es eso, —dijo Reece, sonando tan desesperado como se sentía, —te lo dije. Jessup se escapó y yo estaba cansado de esperar. Miró a su hermano. "Cansado de esperarte".

—Oh, ¿entonces todo esto es culpa mía? Mario se reclinó en su silla y negó con la cabeza. —Puede que te interese, Reece, pero he pasado casi todo mi tiempo tratando de calmar a papá después de lo que le dijiste.

—*¿Qué le dije?* Entiendes todo al revés, Mario.

—Mmm... bueno, una vez que hayamos resuelto esta pequeña pelea con el sacerdote, puedes decirme qué es lo que tiene a papá tan entusiasmado que ni siquiera te tendrá en la casa nunca más.

—Se opone a ir contra el sacerdote, —dijo Reece rápidamente. —Y eso encaja con lo que dijo el camarero del bar cuando Jessup y yo fuimos a buscar a Toby a la ciudad.

—¿Qué *dijo* el camarero? —preguntó Martindale mordazmente, con una mueca de desprecio en su rostro.

—Que debería tener cuidado.

—¿Tener cuidado? ¿De un sacerdote? Martindale giró en su silla hacia los demás. ¿Le tememos a un hombre de Dios, Reece? ¿Un hombre que pasa todos sus días pavoneándose con un vestido, diciéndonos cómo vivir nuestras vidas? No es más que una bolsa de viento, Reece. Se volvió de nuevo hacia el chico Scrimshaw. "¿Le tienes miedo?"

—Hay algo en él, Martindale... algo que no encaja con quien se supone que es. Estuve pensando: ¿cómo puede un simple sacerdote hacerle lo que le hizo a Toby, ¿eh? Un hombre de Dios, como dices, no está equipado para repartir semejante paliza.

—Es cierto que es un hombre grande, —intervino Mario, volviéndose para mirar a través del campo. —Quizás Jessup nos ha ahorrado muchos problemas al terminar con todo esto aquí y ahora. ¿Cuándo se fue?

—No estoy muy seguro, me quedé dormido y todo.

Martindale dejó escapar un fuerte suspiro y Mario señaló a uno de los otros. "Francie, quiero que lleves a Toby a la ciudad y lo curen donde el Doc. Wilson. El resto de nosotros nos dirigiremos a la iglesia, que es donde supongo que está el sacerdote en este momento".

—A menos que se haya ido muy rápido, —dijo Martindale.

—Sabía cuáles serían las consecuencias, —dijo Reece. —No creo que sea un cobarde.

—Entonces morirá, —dijo Martindale.

—Sí, así será —dijo Reece y, con un enfático movimiento de las riendas, tiró de su caballo y lo espoleó en dirección a la iglesia.

CAPÍTULO CATORCE

Un inquietante silencio se apoderó de la iglesia y sus alrededores. Excepto por los pájaros, por supuesto. Un grupo reñía, aleteando y picoteando unos a otros, tratando de obtener los mejores bocados del cadáver postrado y ensangrentado que allí yacía. Los jinetes se detuvieron y miraron con estupefacto horror.

—¿Qué diablos ha sucedido aquí? —dijo alguien.

De repente, Martindale disparó a uno de los buitres del festín y el resto estalló hacia el cielo en una masa de graznidos aterrorizados. "Odio esas malditas cosas", murmuró, enfundando su revólver.

—Muévanse por ambos lados, —dijo Mario a los demás. Reece, tú por el frente.

—Yo lo haré, —dijo Martindale, bajándose de la silla. —El resto de ustedes muévanse con mucha cautela.

Mientras el pistolero vestido de negro se acercaba al cadáver a medio comer, Mario le lanzó una mirada a Reece. "¿Crees que podría ser Merry?"

—Si es así, ¿dónde diablos está Jessup?

—No me gusta esto, —dijo Mario, levantándose de la silla

para estirar las piernas. —Creo que tus sospechas sobre el padre son correctas, Reece.

Mordiéndose el labio, Reece asintió con la cabeza mientras veía a Martindale acercarse al cuerpo boca abajo y golpearlo con la bota. Vio caer la cabeza del pistolero y dijo: “Este muerto no es el padre”.

Girándose, Martindale arrugó la cara y gritó: “¡Ese bastardo acabó con Jessup!”

—Entonces lo encontramos, —respondió Mario y volvió a mirar a su hermano. “¿A dónde crees que se ha ido? Supongo que al norte, y tan lejos como pueda”.

—No, no lo creo. No es de los que corren. Golpeó a Toby por la chica. Flo Parker. Si está en algún lugar, estará allí, en casa de la joven.

—¿Sabes dónde es?

—No. Pero siempre podemos...

—Sé dónde está, —dijo Martindale, acercándose rápidamente. Se subió a la silla. —La hermana de esa niña, Nati, es muy guapa. Yo, Jessup y Toby, hemos estado visitando a las dos chicas desde hace algún tiempo. Si no fuera por...

—Espera solo un maldito momento, —grito Mario, la sangre drenándose de su rostro. —¿Quieres decir que tú y Toby han visitado la casa Parker antes?

—Eso es lo que acabo de decir, ¿no?

—¿Y sabías que Toby se aprovechó de la menor?

—¿Se aprovechó? Mierda, Mario, ella nos estaba tomando el pelo a todos desde el principio.

—Tiene trece, —dijo Reece, en voz baja mezclada con incredulidad.

—He estado con putas más jóvenes que ella, —dijo Martindale, con una carcajada. —Maldita sea, si fueras a El Paso, estarías a la altura de tu...

—Martindale, —intervino Mario, —podrías habernos ahorrado un montón de molestias si hubieras mantenido a ese idiota de Toby bajo control. No puedo creer que supieras todo esto.

—No sabía que el maldito predicador iba a patear a Toby casi hasta la muerte, ¿verdad, idiota? Con el rostro enrojecido, el pistolero se volvió y escupió. —Vete a la mierda, Mario, tratando de ser todo un santurrón cuando no eres más que un sinvergüenza. Y *tú* (señaló con el dedo a Reece), nunca serás el hombre que es tu padre. Él tiene más valentía en su maldita orina que tú en todo tu maldito pellejo escuálido.

—Cuida tus palabras, —dijo Reece, con el cuerpo rígido de rabia. —Solo recuerda quién paga tu salario.

—Lo recuerdo, y no eres tú.

—Solo cálmate, —dijo Mario, inclinándose para darle una suave palmadita al cuello de su caballo. Al igual que los demás, el animal se puso nervioso por los bruscos intercambios entre los hombres. "Lo hecho, hecho está, supongo. Pero no estoy feliz, Martindale. Nada de esto tenía que llegar tan lejos, y ahora Jessup está muerto y tenemos que ir a buscar a ese predicador y colgarlo".

—Lo voy a matar, —dijo Martindale.

—No, —dijo Mario rápidamente, —no, le hacemos pagar por lo que ha hecho. Lo colgamos de un árbol y vemos cómo el desgraciado bastardo se ahoga hasta morir.

Gruñendo, Martindale asintió, convencido por las palabras de Mario. "Está bien, pero primero quiero cortarle las pelotas con mi cuchillo. Quiero que pase por una eternidad de dolor antes de morir, ¿me entiendes?"

—Te entiendo.

—Entonces, comencemos.

Cuando iba a dar vuelta a su caballo, Reece intervino: "¿Qué pasa con Jessup? ¿No deberíamos enterrarlo? ¿Decir algunas palabras?"

Riendo, Martindale negó con la cabeza. "No escuchará ninguna palabra, y donde se haya ido, dudo que tenga tiempo para escuchar. Él ya está en el infierno, chico Reecey, asándose en el abismo, y esos buitres también pueden limpiarlo por lo que a mí respecta".

—Pensé que era tu amigo.

—Lo era, pero ahora está muerto, y allí está.

CAPÍTULO QUINCE

Doc. Wilson ordenó a su muchacho, Norbert, que llevara a Toby Scrimshaw a su consulta. Norbert era un hombre enorme que asumió su cargo como si fuera un simple niño. Francie lo miró y negó con la cabeza, con el disgusto escrito en su rostro. "¿Por qué tiene un maldito negro trabajando para usted, Doc?"

A punto de dar media vuelta y entrar en su consulta, Wilson se detuvo en seco y dio media vuelta. "¿Qué dijiste?"

—¿Un maldito esclavo negro? ¿Por qué no puede emplear a un hombre blanco bueno y honesto?

—¿Como tú, quieres decir?

—¿Como yo? Demonios, ya tengo un trabajo y no necesito...

—Para tu información, ignorante, bastardo de orejas de burro, Norbert es diez veces más honesto y trabajador que la mayoría de la basura indigna que vive en estos lugares.

La boca de Francie se abrió. "¿Cómo me llamaste?"

—Te estoy llamando ignorante, porque eso es lo que eres. Norbert cumple con sus deberes mejor que la mayoría y, a cambio, recibe comida y alojamiento. Necesito un hombre bueno y fuerte para hacer mi transporte, ya que muchos están muriendo por estos lares con escarlatina y difteria. Tiene la fuerza de un oso y lo necesito.

—No soy un ignorante y no tienes derecho a llamarme así.

—*Eres* ignorante y, además, tienes prejuicios.

—Si no me hubieran dado instrucciones de buscar sus servicios, lo mataría a tiros aquí y ahora por cómo me ha hablado.

Wilson ladeó la cabeza. "Conocí a tus padres, Francis Bell, y estarían revolcándose en sus tumbas si pudieran escucharte ahora mismo. Sigue con tus asuntos antes de que pierda los estribos".

No eres más que un anciano agotado, pero me has insultado y buscaré darte tu merecido cuando hayas reparado al pobre Toby. Metió los pulgares en el cinturón y adelantó la barbilla. "Y esa es una promesa".

Con un alegre movimiento de cabeza, Francie se dio la vuelta y se alejó con gesto altivo sin mirar atrás.

Francie cruzó la calle principal y se dirigió al único salón abierto y entró.

La habitación, bien iluminada por dos pares de ventanas a cada lado de las puertas batientes, era grande y estaba escasamente amueblada, con solo unas pocas mesas en el rincón más alejado. Alrededor de uno de ellos, un grupo de hombres de aspecto desaliñado jugaba a las cartas. Varios otros se apoyaban en la barra del bar, contemplando sus bebidas. El camarero, un hombre de huesos grandes y aspecto florido, con las mangas de la camisa arremangadas hasta más allá de sus gruesos bíceps, estaba de espaldas a la habitación contando botellas. Francie golpeó el mostrador con un dólar y el tabernero se volvió, arqueando una ceja. "Whisky."

Con un gruñido, el camarero eligió un vaso de fondo grueso y le sirvió un trago de la botella que sacó del estante. Deslizó el whisky. "Ese dólar te dará otros tres de esos".

Francie asintió con la cabeza, bebió del vaso en un solo trago y se lo ofreció para llenarlo de nuevo. "¿Es aquí donde mi compañero fue golpeado por el sacerdote?"

El tabernero se detuvo en el proceso de llenar el vaso y le lanzó a Francie una mirada interrogante. "¿Es usted uno de los chicos Scrimshaw? Vinieron aquí y sacaron a su amigo".

—Lo sé. Regresé con él para ver al doctor.

—¿Todavía está mal?

—Podrías decirse. Francie observó cómo el whisky se derramaba hasta el borde del vaso, luego lo limpiaba y bebía un sorbo. Balbuceó y luego tosió, presionando el dorso de su mano contra su boca. "Esto sabe a orina de caballo".

—Es lo mejor que hay. Mi proveedor lo envía desde Nueva York.

—Bueno, ahí lo tienes, ese es el pis de caballo yanqui.

—No hablamos de esas cosas aquí, señor. Para nosotros, la guerra ha terminado.

—Mi papá y sus dos hermanos estaban con Picket y ninguno de ellos regresó. Eso me da razones para odiar hasta el último de esos Yankees.

—Lo siento por eso, señor. Perdí a mi propio hermano en la guerra, en Fredericksburg. Pero no podemos seguir odiando.

—¿Oh? ¿Por qué no?

Inflando sus cachetes, el camarero se encogió de hombros y se volvió, dejando la botella junto al vaso de Francie. Francie pasó mucho tiempo mirando el whisky, antes de volver a llenarlo y cruzar la habitación hacia donde los hombres estaban jugando.

—¿Qué es esto?

Nadie miró hacia arriba, todos estudiando sus cartas con gran intensidad. Uno de ellos se revolvió en su silla, se aclaró la garganta y dijo: "Siete arriba".

Francie asintió con la cabeza y sacó una silla. —¿Te importa si me uno a ustedes?

Sentado al otro lado de la mesa, un hombre de aspecto delgado con un bigote en forma de manillar se pasó la lengua por el labio superior. "Mientras tengas dinero".

—Yo tengo.

—Entonces siéntete libre, después de que esta mano haya terminado.

Francie observó cómo se desarrollaba el juego en silencio, notando cómo el hombre del bigote giraba con confianza y elegía sus cartas con un aire casi desdeñoso, como si estuviera bien educado en el juego y supiera todos sus caprichos. En ningún momento miró hacia arriba. Sus ojos permanecieron fijos en lo que estaba haciendo y cuando extendió su mano de cartas con una ademan teatral, los demás jadearon y gimieron, tirándose hacia atrás en sus sillas, exasperados.

—Maldita sea, ¿cómo se gana todo el tiempo? —dijo uno, contando las últimas monedas que le quedaban en la mano. “Mierda, me has limpiado”.

Recogiendo el alijo de monedas y billetes rotos en el centro de la mesa, el hombre del bigote simplemente sonrió y asintió. “Se llama habilidad. No en vano me llamaban el Joven Pistolero hace algunos años”.

Francie acercó la silla y se inclinó hacia delante mientras el hombre del bigote barajaba las cartas. Eran viejas y bien arrugadas, las esquinas rotas y rizadas.

—¿Son sus cartas, señor?

Sin detenerse en su clasificación de las cartas, el hombre del bigote gruñó su afirmación.

Apareció el camarero, ofreciendo a los hombres recambios de whisky. “¿Cuándo van a curar a tu amigo?”

Frunciendo el ceño al tabernero, Francie miró hacia arriba y dijo: “Tan pronto como esté listo”.

—¿Doc no dio ninguna indicación? Fue golpeado muy mal.

—Lo sé. Yo mismo lo llevé allí. Pero volveré. Giró la cabeza cuando las cartas se movieron en su dirección. Estudió la forma en que los trataba el hombre del bigote. —Lo que sí- es seguro es que ese doctor tuyo tiene una boca mordaz.

—¿Qué significa eso?

—Que me insultó. Esperó mientras el hombre a la izquierda

del crupier escogía una carta del alijo. Con un bufido de disgusto, lo arrojó a la pila de descartes.

—¿Te insultó? Doc. Wilson? Eso no parece imposible: el hombre es un caballero. Lo conozco desde hace años y nunca escuché a nadie decir nada malo de él.

—Bueno, ya lo has hecho, —dijo Francie, mientras el segundo hombre también tiró una tarjeta. —Mi objetivo es visitarlo más tarde y enseñarle algunos modales.

El tabernero soltó una carcajada. —Bueno, sería un poco cuidadoso con eso, hijo. Doc. Wilson sirvió en las guerras mexicana *y* civil. Boxeó para su regimiento. Nunca supe que se cayera.

Francie frunció los labios y vio al tercer jugador deslizar la carta elegida en su mano y colocar otra en la pila. "No estoy planeando pelear a puñetazos".

—Entonces, ¿qué *estás* planeando?

Francie sacó una tarjeta y la estudió. Sus ojos vagaron hacia el hombre de enfrente. "Algo más permanente".

—Entonces es un tonto, señor.

Francie estudió su mano, tomó una reina y la colocó encima de la pila de descartes. "Dijo algo similar y pretendo matarlo por ello. Si yo fuera usted..." se reclinó y estudió al camarero de pies a cabeza, "mantendría una lengua cortés en mi cabeza, o quizás también busques problemas".

—Señor, usted no es el tipo de huésped que quiero aquí en mi establecimiento, así que si usted...

—Oh, cállate, Wilbur, —dijo el comerciante con bigotes, sonriendo levemente al tabernero, "¿no ves que estamos tratando de jugar nuestro juego?

—Eso ya lo veo, pero le pediría amablemente que esto pare aquí.

—Este *caballero* de aquí está tratando de concentrarse.

El ceño fruncido de Francie se hizo más profundo mientras miraba fijamente al hombre del bigote. "¿Qué estás infiriendo?"

—No estoy infiriendo nada, chico. Pero pareces un poco

tenso y tienes algo de rencor contra todo el maldito mundo. Mi consejo... juega el maldito juego...

Algo cambió en el aire en ese momento. Lentamente, uno por uno, los otros jugadores dejaron caer sus cartas y echaron hacia atrás sus sillas. Francie los estudió, notando cómo sus caras se habían vuelto del color de la tiza. Nadie habló. "Lo jugaré", dijo Francie en voz baja, mirando su mano, "pero, antes que nada, dime por qué estas cartas están marcadas como están".

Alguien respiró hondo. Otro medio se levantó y el tercero se inclinó hacia adelante, su mano a punto de tocar el antebrazo de Francie antes de que una mirada aguda del vaquero le hiciera detenerse. "Señor, no tiene motivos para decir eso. Hemos estado jugando con John aquí durante algunas semanas y estamos todos satisfechos con su honestidad y buen espíritu deportivo".

—¿Es eso un hecho?

—Sí lo es.

—Entonces dime, ¿cuántas veces has ganado contra él, Francie arrojó sus cartas, —con él usando esa baraja?

—Señor, no creo que deba estar...

—Cállate, Clancy —dijo el hombre del bigote, cuya propia mano de cartas estaba extendida frente a él con ambas manos.

—John, solo estaba tratando de...

—*Dije* que te calles. Sonriendo, el hombre llamado John colocó cuidadosamente las cartas boca arriba sobre la mesa. Todos miraron, incluso Francie. Contó las cartas y allí estaban, del As al Siete, dispuestas en una línea ordenada. "Como dije, soy conocido como el niño de los siete. ¿Quizás has oído hablar de mí?"

Wilbur tosió. "Creo que todos deberíamos tomarnos un descanso".

Pero nadie se movió. Nadie apenas se atrevía a respirar. En el mostrador, los hombres que habían estado bebiendo allí silenciosamente salieron de la barra, las bisagras de la puerta batiente crujieron dolorosamente a su paso.

Wilbur intentó toser de nuevo. "Ya he tenido suficientes problemas aquí, señores, no quiero más".

—Creo que su esperanza de un período de contemplación pacífica y simpatía es algo prematura, —dijo John de manera uniforme, con los ojos fijos en el vaquero sentado frente a él.

—Sé lo que vi, —dijo Francie, con los dientes apretados. —Mi único alivio es que no perdí dinero contigo, a diferencia de estos pobres idiotas de aquí.

—Escúpelo, muchacho.

—No soy tu chico.

—Escúpelo.

Francie respiró hondo, echó la silla hacia atrás y se puso de pie. "Eres un maldito tramposo de cartas. Te reconocí por lo que eras en el momento en que me senté, con esas tarjetas sucias y sus lágrimas y esquinas dobladas. He conocido a los de tu clase en todos los senderos que he recorrido y no tengo estómago para ti, ni para nadie como tú. Ahora levántese, maldito bastardo, y devuelva el dinero que estafó a estos señores de aquí, o te disparé donde estás sentado".

—Estoy armado, muchacho.

—No me llames *muchacho*, —gruñó Francie y fue a sacar su arma.

Todo sucedió rápidamente desde ese punto. Antes de que el arma de Francie hubiera limpiado su funda, el hombre llamado John le disparó en la garganta, enviándolo a dar vueltas y tambalearse como un hombre perdido en la niebla. Con la pistola cayendo, las manos agarrando la herida, la sangre de su vida bombeando entre sus dedos, Francie gorgoteó y balbuceaba, cayó de rodillas y trató de gritar.

—Oh, Dios Todopoderoso, —gritó Wilbur, retrocediendo hacia el mostrador mientras los otros hombres se apresuraban hacia la salida, sin pensar en el vaquero agonizante que se retorcía y arrojaba sangre en el piso del salón.

—Esta no era mi intención, —dijo John con voz cansada,

dando un paso alrededor de la mesa para pararse junto al vaquero herido, —pero no seré insultado injustamente por un falso testigo. Sacó su pistola y le disparó a Francie en la cabeza y el horrible sonido de gárgaras de su boca cesó por fin.

—Bendito Jesús.

John dejó caer los cartuchos gastados al suelo y los reemplazó por otros nuevos de su cinturón. "¿Quién diablos era él, de todos modos?"

La única respuesta de Wilbur fue un débil movimiento de cabeza.

—Bueno, eso es todo lo que vale. Lanzó un dólar de plata hacia el tembloroso tabernero. —Eso cubrirá su entierro. Nada demasiado elaborado, ya que no valía más que un puñado de mierda.

Wilbur se aclaró la garganta, agarró una de las botellas de whisky abandonadas de la barra, la apretó contra su boca y bebió profundamente. Luego, jadeando con dureza, se puso de pie y miró, todavía temblando. "Dios mío. Nunca había visto algo así en toda mi vida".

Encogiéndose de hombros, John se envolvió con su frac y señaló el cadáver. "Tampoco él lo ha visto", se sonrió. "¿O debería ser, él no lo *había* visto?" sonrió entre dientes...

—¿Qué hay de su amigo que esta donde el Doc. Wilson? Una vez que se entere de lo que sucedió, él...

—Ah, sí, el golpeado por el padre Merry.

—Diablos, *¿conoces* al sacerdote?

—Durante bastante tiempo, sí. Otra sonrisa, mucho más amplia esta vez. —No siempre ha sido sacerdote.

—Entonces deberías saber que este vaquero y otros como él quieren a Merry muerto por lo que le hizo al otro en el Doc.

—Ya veo. Bueno ... Él se llevó ambas manos a la parte baja de la espalda y se echó hacia atrás, estirando los músculos, "no es mi deseo que me persiga otra pandilla de amigos y parientes indignados, así que le haré una visita al otro en la cirugía, luego encontrar una manera de terminar con todo esto incluso antes de que comience".

Tocó el ala de su sombrero con el índice y salió al día caluroso.

CAPÍTULO DIECISÉIS

Secando las manos con una toalla vieja y raída, Doc. Wilson salió de su consulta y se detuvo cuando vio al hombre delgado con el frac de color oscuro, pantalones a rayas y camisa con volantes de pie al final del pasillo.

El extraño estaba sonriendo. "Hola", lo saludó.

—¿Puedo ayudarlo con algo, señor? —preguntó Wilson, secándose las manos con deliberada lentitud ahora, sus ojos clavados en los del extraño.

—Podría ser. Tiene un paciente bajo su cuidado, un hombre grande, muy golpeado.

—Sí. ¿Es... amigo tuyo?

—No, no exactamente. Sin embargo, creo que tenía un compañero. ¿Un compañero que lo trajo aquí?

—Si. Wilson tomó la toalla y la dobló cuidadosamente. —Un caballero muy objetable que se sintió ofendido por algo que dije.

—¿Un insulto?

—Lo tomó como tal, aunque no fue la intención. Creo que tiene la intención de volver y matarme a tiros.

La sonrisa del extraño se ensanchó. "Bueno, estoy aquí para decirte que nunca más te molestará a ti, ni a nadie más".

Wilson frunció el ceño, dejando que las palabras se filtraran por su mente. "Ya veo."

—No estoy muy seguro de que sí lo hará, pero, sin embargo, tengo un favor que pedirte. ¿Puedo visitar a su paciente? Necesito hacerle una pregunta.

—No está dispuesto a hablar. Sospecho que tiene la mandíbula rota.

—Ah. El extraño se encogió de hombros. "Entonces tal vez puedas ayudar. Estoy buscando el paradero del hombre que golpeó a su paciente. El sacerdote, creo que le dicen: el padre Merry".

—No estoy muy seguro si debería...

—Oh, si puedes. Créeme. El hombre sonrió. —Soy un amigo.

—¿Un amigo del padre Merry? Él es un hombre singularmente reservado, aunque muy querido. ¿Puedo preguntarle su nombre, señor?

—Por supuesto que puedes.

Wilson esperó, pero como se hizo evidente que el extraño no iba a revelar su identidad, volvió a preguntar.

El extraño sonrió. "Hardin. John Hardin".

—Me alegra conocerlo, Sr. Hardin. Después de una breve consideración, Wilson dobló suavemente la toalla y la colocó sobre una pequeña mesa apoyada contra la pared del pasillo. —Quizá una pregunta esté bien, supongo. Pero si se pone inquieto o angustiado, tendré que pedirte que...

—Él estará bien.

Siguiendo las indicaciones del médico, el extraño entró en la pequeña y aireada sala de cirugía donde un hombre grande e hinchado yacía tendido en una cama estrecha, con la parte inferior de la cabeza envuelta en vendajes. Cuando Hardin se acercó, los ojos del hombre se abrieron parpadeando. A pesar de que estaban hinchados y muy magullados, se encendieron cuando reconoció a su visitante. Él gruñó, instintivamente empujándose a sí mismo para alejarse, lo que hizo que se estremeciera.

—¿Él te conoce?

Hardin se encogió de hombros. "Nuestros caminos se han cruzado, sí. Es hijo de un ganadero local llamado Scrimshaw. Solía trabajar para él hace algún tiempo".

—Pensé que te reconocía...

Una leve sonrisa se dibujó en el rostro de Hardin. "Salí bajo una especie de nube de tormenta, doctor. El joven Tobías aquí y yo cruzamos espadas". Se inclinó hacia el paciente herido. "Solo asiente, Toby. ¿Merry te hizo esto?"

Al principio, Toby no reaccionó, excepto por esos ojos, abiertos y salvajes.

Hardin suspiró y su rostro se endureció. "Toby, no estoy aquí para buscar mi venganza por lo que me hiciste. Eso puede esperar. Ahora mismo, quiero ir a ayudar al buen Padre. Él me ayudó. Es mi turno de ayudarlo".

El doctor se aclaró la garganta. "Puedo decirte la dirección a su iglesia".

Hardin se volvió y asintió en agradecimiento a la oferta de Wilson. Volvió a mirar a Toby. "¿Fue Merry, Toby?" Por fin, un breve asentimiento. "¿Y tus muchachos van a hacerle una visita?" Otro asentimiento. Hardin se enderezó. "Este hijo de puta me acusó de robar el salario del resto de los chicos mientras dormían en la barraca. Me rodearon y me golpearon, pero no encontraron el dinero, porque este bastardo fue el que se lo llevó".

Toby se puso rígido, tratando de levantarse de la cama, los graznidos estrangulados salieron de sus dientes apretados. Colocando la palma de su mano sobre el pecho del vaquero, Hardin lo presionó hacia abajo. "Casi me matan a golpes antes de que el sacerdote intercediera y me salvó. No olvido la bondad, ni olvido el ser acusado". En esta coyuntura, presionó su mano hacia abajo con más dureza y Toby chilló.

—Ya es suficiente, —espetó Wilson, corriendo hacia adelante y apartando la mano de Hardin. Toby cayó hacia atrás, con los ojos cerrados y la cabeza rodando, con evidente malestar. "Me gustaría que se marche ahora, señor Hardin".

—¿Cuánto tiempo va a revolcarse aquí, Doc?

—El tiempo que sea necesario.

—Esa no es una respuesta.

—Es lo único que obtendrás. Ahora, salga de mi consulta, Sr. Hardin. Y no vuelva.

Inclinando la cabeza, Hardin dio otra de esas sonrisas resbaladizas. "Oh, volveré, doctor Wilson. Y cuando lo haga, será mejor que no se interponga en mi camino. Haz que Toby esté lo suficientemente en forma como para pararte y sacar un arma, porque el destino está poniendo fin a todo esto, y no quiero que seas víctima de las consecuencias".

—Como le digo, señor Hardin, váyase.

—¿En qué dirección está la iglesia?

—Tengo la intención de no decírtelo. Nada bueno va a salir de todo esto.

—De eso puedes estar seguro. Afortunadamente, creo que puedo recordar el camino. Pero gracias de todas maneras.

Y con eso, Hardin giró sobre sus talones y salió, montó en su caballo y salió a trompicones de la ciudad, ignorando las muchas miradas de miedo de los transeúntes.

CAPÍTULO DIECISIETE

Tirando de sus caballos, el grupo de jinetes miró a través del matorral abierto hacia la pequeña granja. Parecía desierto y el silencio era total. Frotándose la mandíbula, Mario se tomó un momento para mirar a su alrededor antes de gruñir: "Se han ido".

—No lo sabes con seguridad, —siseó Martindale. —Podrían estar acobardados por dentro, como los perros sarnosos que son.

—Hay una niña allí, —dijo Reece, —en caso de que lo hayas olvidado, la que Toby violó.

—No he olvidado nada, —contestó Martindale. —Todo lo que me importa es ese sacerdote. Lo quiero colgado de sus bolas antes de que termine esta tarde.

—¿Qué pasa si lo ha hecho?

—Entonces lo rastrearé. No pudo haber ido muy lejos. Pero primero, revisemos la casa. Hizo un gesto a dos de los vaqueros, —rodea por la izquierda, suave y con mucho cuidado. Cuando lleguen a ese esparcimiento de rocas y cantos rodados allá, acomódense y cubran el frente y la espalda. Si alguien se pone a cubierto, los matas a tiros.

—¿Incluso si son mujeres?

Martindale se volvió para mirar al escuálido vaquero que

había hecho la pregunta. “Me importa un carajo a quién matas, simplemente los matas. Excepto al cura. Lo quiero vivo”.

Los dos hombres intercambiaron miradas y luego se volvieron hacia Mario. El escuálido se aclaró la garganta. “No me siento muy cómodo disparando a ninguna chica, Mario. Maldita sea, ella es la víctima de todo esto”.

Antes de que Mario pudiera responder, el revólver Colt Artillery estaba en la mano de Martindale, el martillo amartillado y el cañón apuntado infaliblemente hacia el vaquero. “Haz lo que te digo, muchacho, o la única persona muerta que caiga al suelo serás tú”.

—Mierda, Martindale, —dijo Mario, —no tienes motivos para...

—*Hazlo*, —gruñó Martindale entre dientes, su voz baja, fría, sin emoción.

Sin ningún lugar adonde ir ni nada que hacer, el flaco vaquero espueleó a su caballo y se dirigió hacia las rocas con sus dos compañeros detrás, sus rostros perdidos de color.

—Escucha —dijo Reece, —estoy aquí para hacer que ese sacerdote pague por lo que le hizo a Toby. Eso no significa que esté de acuerdo con lo que hizo mi primo, pero siento que tengo el deber de llevarlo a cabo. Es mi decisión.

Martindale volvió a meter la Colt en la funda y miró sin comentarios hacia la granja.

—Que se pase lo que tenga que pasar, —dijo Mario. —Me acercaré. Ustedes dos me cubren. Hizo un gesto hacia un ligero desnivel en el suelo a unos cincuenta pasos a la derecha. “Reece, acomódate con tu Spencer allí mismo”.

—Yo también voy a entrar, —dijo Martindale. —Lo que sea que quieras hacer, Reecey, ese padre mató a Jessup y estoy aquí para hacerle pagar por ello. Puedes quedarte con lo que queda de él cuando haya terminado.

Reece hizo una mueca, se retorció en la silla y dijo: “Si soy honesto, no pensé que se convertiría en una matanza”.

—Bueno, se hará, —dijo Martindale, —así que cúbrenos con tu rifle". Dio una espueleada a su caballo y avanzó.

Una vez que el pistolero se alejó, Mario se volvió hacia su hermano. "Cúbrenos, Reece. Todo este asunto espantoso está llegando a un punto crítico, y no antes de tiempo".

—Si matamos al sacerdote, se harán preguntas.

—Entonces les responderemos. O, al menos, Martindale lo hará.

—Y si llega ese alguacil de los Estados Unidos, ¿entonces qué? ¿Cómo explicaremos el asesinato del sacerdote?

—Eso es mear en el viento, Reece. Ningún mariscal va a venir aquí, e incluso si lo hiciera, ciertamente no le importaría un carajo en este infierno por cualquier padre humilde. Mario se chupó los dientes, movió las riendas y se colocó detrás de Martindale. —Solo asegúrate de que nadie se abra paso entre nosotros, y si lo hacen, tú les disparas.

Reece se pasó el dorso de la mano por la frente húmeda y observó a su hermano trotar hacia adelante. Tomando un respiro, se bajó de la silla y, rifle en mano, corrió hacia el lugar que Martindale había identificado, el corazón le latía con fuerza en las sienes, la garganta seca de polvo... y de miedo.

Deteniendo su caballo a unos cincuenta pasos de la puerta principal de la pequeña granja, Martindale miró a Mario que se acercaba a su lado. "Parece que está desierto".

—Así que se han ido. Eso significa que tendremos que separarnos y tratar de seguir su rastro. Mario exhaló con fuerza. —Podría prescindir de todo esto. Maldita sea, tenemos un rebaño de vacas que acorralar y prepararnos para el viaje la semana que viene. No puedo permitirme el tiempo, ni los hombres, para hacer esto. Ya hay suficientes de ellos desperdiciando sus días, jugando a las cartas y emborrachándose en Arcángel. ¿Por qué ese idiota de Tobías tuvo que ir y hacer una cosa tan estúpida en el peor momento?

—Nunca pudo mantener la polla en los pantalones.

—Sí, pero para hacer lo que le hizo a esa chica. Y ella es tan joven. Maldita sea, tengo ganas de golpearlo yo mismo.

—Bueno, tal vez puedas, después de que encontremos al sacerdote. Tan pronto como...

Sin previo aviso, la mitad superior de la puerta holandesa principal de la casa de campo se abrió con un fuerte crujido y el cañón de un rifle apareció en la oscuridad del interior. Antes de que ninguno de los dos pudiera reaccionar, el rifle ladró fuego, la bala de gran calibre se estrelló contra el pecho de Mario y lo levantó de la silla.

Cayó al suelo de espaldas y se quedó inmóvil, mientras su caballo se sacudía, pataleaba y echaba a correr.

A partir de ese momento, se desató el infierno.

Lejos, a la izquierda de la pequeña granja, los dos vaqueros que habían sido enviados a esperar allí intercambiaron miradas de asombro y desconcierto. El escuálido fue el primero en recuperarse. Se puso de pie, comprobando su revólver y luego se quedó paralizado cuando una voz helada llegó desde algún lugar detrás de él.

"Este no es su día, muchachos".

Los disparos resonaron en el desolado paisaje abierto, y los dos cayeron muertos antes de saber realmente lo que estaba pasando o quién los había matado.

Reece se agachó, apuntando el rifle hacia la granja. Vio que Martindale saltaba de su silla, rodaba por el suelo y disparaba varios tiros a través de la puerta de la granja aún abierta. Pero el cuerpo inerte de su hermano acaparó toda la atención de Reece y su cuerpo se convulsionó en una serie de sollozos.

"Oh no..." logró murmurar y salió del lugar donde estaba apostado y caminó hacia adelante descuidadamente, las lágrimas goteando por su rostro, el rifle olvidado en sus manos.

Una silueta apareció detrás de él. Sabía que debía volverse, poner algún tipo de resistencia, pero Mario estaba en el suelo, la sangre se filtraba por la herida de salida en su espalda. Incluso cuando una mano lo agarró por el hombro y tiró de él, no hizo nada. El puño estalló en sus entrañas y se dobló, vomitando, las lágrimas y la saliva se mezclaron para salpicar la tierra. El segundo golpe conectó con su mandíbula y cayó de costado. El cielo se arremolinaba a su alrededor, los colores brillaban ante sus ojos y aún así no le importaba. Ya no valía la pena vivir la vida: podían hacerle lo que quisieran, fueran quienes fueran.

Vio un pie posándose junto a su cara. Un pie con una sandalia de cuero envejecido y gastado.

"Dile a tu padre que esto es lo que se obtiene de una violación".

Era una voz que reconoció vagamente, pero el dolor en su rostro y la desesperación en su corazón lo vencieron todo, y se desmayó.

Tirado en la tierra, Martindale esperaba. Nada se movió desde el interior de la granja. Quizás había tenido suerte, quizás el tirador estaba muerto. Tal vez...

Tal vez no.

La figura parada a unos pasos de distancia ocupó toda su atención.

Martindale se dio la vuelta y se levantó, con el Colt Artillery todavía en la mano. El hombre que tenía delante estaba inmóvil, relajado, con las manos colgando a los costados y la pistola en la cadera derecha todavía enfundada.

Sonriendo, Martindale acercó su Colt.

La figura se movió, su propia pistola materializándose como de la nada, su mano izquierda abanicando el martillo. Tres balas alcanzaron a Martindale de manera uniforme en la parte superior del torso. Con los ojos muy abiertos por el asombro, sus rodillas se doblaron y cayó al suelo, muerto.

El silencio fue casi aplastante en su totalidad cuando Ritter dio un paso adelante y tocó el cadáver del pistolero. Satisfecho, recargó rápidamente los cartuchos gastados de su revólver Colt Cavalry y luego se inclinó para recoger el arma de Martindale.

Merry se acercó, masajeando sus puños.

—Deberías tomar esto, —dijo Ritter, ofreciendo la Artillería Colt al padre.

—No la necesito.

—Si, la necesitas. Todos necesitamos estar armados ahora. Scrimshaw vendrá tras nosotros con un ejército después de lo que pasó aquí.

“No entiendo por qué están tan empeñados en matarme. Ni las chicas. Golpéame, sácame de la ciudad, todo eso lo puedo entender, pero esto...” Sacudió la cabeza, luego se enderezó de un tirón mientras Grace venía desde el interior de la granja y corría a sus brazos.

Ritter observó en silencio mientras los dos se abrazaban y luego se besaban.

—Creí que te matarían, —dijo sin aliento, con la cara hundida en su pecho.

—Fue un disparo muy bueno, —dijo Ritter.

—No fui yo, —dijo Grace y asintió con la cabeza hacia la granja. Nati Parker estaba en la puerta, con el rostro pálido, la Spencer agarrada en sus manos.

Gruñendo, Ritter miró a su alrededor. —Tendremos que reunir todas estas armas de fuego y cualquier munición que haya. Tendremos que hacer otra parada aquí.

—No, —dijo Nati, acercándose lentamente, manteniendo su rostro alejado del cadáver del hombre al que había disparado. “No podemos quedarnos aquí ahora. Sigamos adelante”.

—No durarán más de un día en el campo, —dijo Ritter. —El padre aquí se niega a tomar un arma, y aunque eres bueno con eso, dudo que puedas superar a los hombres de Scrimshaw.

—Entonces, ¿por qué no vienes con nosotros? Tengo un vagón en el interior que podemos cargar con suministros, y tú podrías viajar junto a nosotros mientras...

—Señora, esta no es mi pelea. Estoy aquí buscando a John Wesley Hardin.

—Creo que sé dónde está, —dijo Merry, en voz baja.

—Podría estar en muchos lugares, por lo que he escuchado.

—Es cierto, pero, aun así, supongo que sé dónde está esta vez. John y yo retrocedemos un poco. Siempre que él está en problemas, la mayoría de las veces se dirige a uno o dos lugares, como te dije antes.

—Está bien, me has convencido, ¿a dónde se dirigió?

—Te ayudaré si puedes garantizar a estas mujeres aquí tu protección. Dio una sonrisa irónica. —No he visto a nadie disparar como tú, nunca, así que supongo que estarán más que seguros contigo.

Ritter se cruzó de brazos y miró al sacerdote con dureza. "Ah, mierda", dijo, sabiendo que tenía pocas opciones. "Está bien, te lo garantizo".

Sonriendo, Merry miró hacia otro lado con nostalgia, sus ojos se movieron por la vasta extensión del cielo. "Hay alguien - una mujer mexicana. Irá hacia ella, para descansar y.... encontrar consuelo en sus brazos". Se volvió de nuevo para mirar a Ritter. "Su nombre es María y es una belleza rara...", le guiñó un ojo, lo que provocó que Ritter se quedara boquiabierto y agregó: "para una puta".

CAPÍTULO DIECIOCHO

Haciendo caso omiso del cadáver destrozado, cuyos ojos había sido arrancados de su cabeza ennegrecida por los pájaros que volaban en círculos graznando en lo alto, John Wesley Hardin entró en la pequeña iglesia. Cuando se detuvo por un momento en la puerta, dejando que la frescura se apoderara de él, observó los bancos de madera desnudos, la sencillez de la decoración y la puerta entreabierta de la sacristía a no más de seis metros de donde estaba. Sacó su Colt y avanzó por el estrecho pasillo central, con los sentidos alerta y, al llegar a la entrada de la sacristía, abrió la puerta con el cañón de la pistola. Las bisagras chirriaron. Medio esperando que el sacerdote saliera, armado y listo, Hardin ajustó el martillo del el Colt, preparándose para disparar.

El silencio pesaba alrededor, mezclándose con el aire fresco para traer una enorme sensación de paz al lugar y cierto vacío. Hardin soltó un largo suspiro, soltó el martillo y dejó caer la pistola en su funda. Entró en la pequeña habitación y la estudió por un momento. No había nada dentro que hablara de una huida apresurada; sin artefactos volcados, sin señales de disturbios, solo una simple mesa, una fuente de peltre y varias copas de madera.

Volvió a salir y se tomó su tiempo para estudiar el suelo. No era el más fino de los rastreadores, algo de lo que él mismo daría fe, no obstante, pudo distinguir la forma en que muchos caballos revolvían el suelo y cómo el sendero parecía desaparecer hacia la derecha. Sabían hacia dónde se dirigían y era la dirección opuesta a la que él sentía que debía seguir ahora, un hecho que encontró bastante tranquilizador. Con Merry que hace mucho que se había ido, la elección de Hardin fue simple.

Muchas veces en el pasado, Hardin se había encontrado huyendo para salvar su vida después de un desafortunado altercado, perseguido por una pandilla dura e implacable que intentaba colgarlo del árbol más cercano. Lo mismo volvería a suceder pronto, después de la matanza del vaquero en Wishing Bone. Así que se subió a su silla y, echando un último vistazo a su alrededor, dio una patada a su montura a un galope suave y se dirigió hacia el sur, una dirección que lo llevaría eventualmente a la mujer que le gustaba llamar suya: María.

CAPÍTULO DIECINUEVE

Escuchó el sonido de voces, el inconfundible embalaje de las pertenencias, el relincho de los caballos y, finalmente, después de mucho movimiento, el constante rodar de las ruedas de la carreta. Durante todo ese tiempo, Reece no se atrevió a moverse. Quizás, si su arma estuviera a mano, podría haber intentado algunos disparos mesurados, pero lo dudaba. Había presenciado cómo Martindale era asesinado a tiros con espantosa facilidad por el pistolero desconocido. Aparte de esto, sabía que el sacerdote le había quitado las armas, tanto el revólver como el rifle. También balas. No había nada que hacer excepto escuchar, esperar y quedarse quieto.

Cuando la carreta crujió y gimió en la distancia, se arriesgó a mirar a través de un ojo y vio a las dos mujeres en la plataforma, conduciendo la carreta abierta y tres jinetes al lado. El extraño alto, la enorme masa de Merry y otra mujer. Sus movimientos eran lentos y pausados y reflexionó sobre hacia dónde se dirigían.

Tragando su inclinación natural a levantarse y correr al lado de su hermano muerto, Reece permaneció inmóvil, controlando su respiración. Incluso cuando solo un gavilán revoloteó justo encima de él y se instaló a menos de tres pasos para estudiarlo con sus ojos ictéricos, permaneció inerte. Solo cuando estaba completamente seguro de que la pequeña banda estaba fuera de su vista, se dio la vuelta lentamente, puso las palmas en el suelo y se arqueó hasta las rodillas.

Lanzando un grito enojado, el feo y grande pájaro saltó hacia atrás alarmado y despegó, aterrizando de nuevo a varios metros de distancia, donde permaneció, mirando. Con una mueca de dolor, Reece tocó tiernamente su mandíbula palpitante, alcanzó una piedra y la arrojó al pájaro, que se fue volando. Vio a la criatura ofendida desaparecer en la distancia, sin duda saliendo a buscar a otros de su rebaño y traerlos de regreso al banquete que les esperaba.

Mario, Martindale y los otros dos. Todos muertos.

Respiró hondo y miró a su hermano, con los ojos paralizados al ver el horrible agujero en su pecho, negro de sangre seca. Mordiéndose el labio con fuerza, se tragó la angustia y se puso de pie.

Mientras miraba, sus sospechas iniciales de que le habían quitado las armas de fuego resultaron correctas. Incluso habían despojado a Martindale y Mario de sus cinturones de armas, recolectando suficiente munición para llevarlos a través de su viaje, dondequiera que fuera.

Ya no le importaba quiénes eran o hacia dónde se dirigían, Reece se tambaleó hacia su hermano y se arrodilló. Las lágrimas rodaban sin control por la mugre de sus mejillas. "Oh, Dios mío, Mario, lo siento mucho". Se inclinó hacia adelante, tomó la cabeza de su hermano entre sus manos y lo acunó contra su pecho, sollozando incontrolablemente.

Se quedó así por largos instantes.

Con la debida solemnidad y cuidado, Reece logró colocar el cadáver de su hermano sobre el lomo del caballo de Martindale. Los otros animales hacía tiempo que se habían marchado al galope, aterrorizados por la violencia que había estallado tan repentina y rápidamente a su alrededor. Agradeciendo a Dios por este pequeño pedazo de buena suerte, Reece tomó las riendas y condujo al caballo y su trágica carga en dirección al rancho de su padre. Nunca había temido tanto como lo que le esperaba... tener que contarle a su padre lo que había ocurrido, y que todo fue causado por la imprudencia de Toby y el deseo de Reece de vengar a su medio hermano malgastado por la golpiza que había recibido. De las manos del sacerdote.

Si tan solo hubiera dejado todo en paz, nada de esto habría sucedido. Jessup, Martindale y Mario todavía estarían vivos. El sacerdote, maldito sea, podría haberse sentado en su iglesia y rezarle a Dios por perdón, y Tobías habría sido golpeado profundamente por su padre. La vida habría continuado. Pero no ahora. Ahora, no había nada que esperar en un mundo cambiado y fuera de todo reconocimiento.

Y sólo Dios sabía cuál sería la reacción del viejo Scrimshaw.

Tratando de evitar que lo espantoso que le esperaba ocupara su mente, Reece condujo lentamente al caballo con su pesada carga lejos de ese terrible lugar de muerte, con los ojos bajos y las lágrimas cayendo al suelo.

Detrás de él, los buitres vinieron y se posaron, nerviosos por cualquier movimiento inesperado de los cuerpos restantes.

Pero no hubo ninguno.

Solo quedaba la promesa de un festín.

CAPÍTULO VEINTE

Tal vez fuera su tercer whisky puro, tal vez fuera el cuarto. No lo sabía, no le importaba. Silas Scrimshaw se sentó y miró al fondo de su vaso, lamentando el fallecimiento de su hijo Reece. Porque estaba pasando. Se habían trazado las líneas, se habían pronunciado los discursos. Había desterrado a Reece a la oscuridad, repudiándole, y todo era tan innecesario.

El deslizó la última bocanada alrededor del fondo del vaso y tiró el contenido por su garganta y se sentó, con la cara entre las manos, y sollozó.

"No deberías castigarte así".

Bajando las manos, miró hacia arriba y la vio parada allí, tan hermosa como un ángel. Manuela. Ella le había devuelto la vida, no solo a sus entrañas, sino a toda su existencia marchita. Y aquí estaba ella, con esa mirada ardiente de ella, esos labios que estaban tan llenos, pero sin sonreír esta vez. Preocupado. Difícil.

—No puedo soportar nada más, —dijo. —Las peleas, las tonterías. Solo quiero una vida tranquila, tiempo para vivir mis últimos años contigo.

Rápidamente se movió frente a él, cayendo de rodillas, sosteniendo sus manos entre las suyas. "No hables así. Tenemos muchos años por delante. Esto de Reece, se terminará".

—No, —dijo el con tristeza. Arrastrando sus manos de su agarre, se miró las palmas por un momento, luego las apretó en puños. “No.”

Sus propias manos eran fuertes, esos dedos largos y marrones como bandas de acero. Ella lo agarró por las muñecas y lo miró fijamente. “No te rindas. Él es tu hijo.”

—Dije cosas tan terribles.

—Él entenderá. Te suplicará perdón.

—Necesito rogarle por el suyo.

—No es así como lo escuché. Él es... ¿cómo lo dices... cabeza dura? No piensa en las consecuencias de sus palabras. Toby, hizo algo terrible. Debe ser castigado por eso.

—Esa chica tiene trece años.

—Lo sé. Eso es imperdonable.

Silas respiró hondo, extendió la mano y le acarició la mejilla. Ella inclinó la cabeza hacia la calidez de su palma y suspiró. “Eres tan hermosa”, dijo y se inclinó hacia adelante, besándola suavemente en los labios.

Ambos saltaron cuando el viejo Grimes, el fiel sirviente de Silas, irrumpió en la habitación, sin aliento, con el rostro como de muerto. Se retorcía las manos y tenía lágrimas en los ojos.

—¿Qué es? —preguntó Silas. Ya temía la respuesta.

—Es el maestro Reece, jefe. Él está al frente.

Un rápido intercambio de miradas pasó entre Silas y Manuela. Sus ojos estaban iluminados por la esperanza, pero todo lo que podía sentir era pavor. “¿Maestro Reece?”

—Será mejor que salga, jefe. Tiene al Maestro Mario con él.

Silas frunció el ceño y se puso de pie. “¿Los dos? ¿Qué está pasando?”

Grimes se hizo a un lado, señalando la puerta abierta que conducía a la sala de entrada principal y más allá, al patio delantero. “Será mejor que eche un vistazo, jefe”.

Silas era una de las antiguas razas de barones del ganado, tallada en la tierra y el polvo de la pradera. Había crecido con el sabor del rancho pegado a la parte posterior de su garganta como una parte de él, un recordatorio constante de quién era y de dónde venía. Aquellos tiernos años, desde alrededor de los quince a los veinte, lo habían visto vivir sus días en la silla de montar y sus noches envuelto en una manta raída, sufriendo los vaivenes del tiempo.

Había visto mucho mientras estaba ahí, expuesto a los elementos. Había sido testigo de hombres, hombres fornidos, hombres excelentes, corneados hasta la muerte por los cuernos de un buey enloquecido, probando su fuerza en la carne blanda e implacable de aquellos que intentaron domesticarlo. Tiroteos, en los que hombres habían matado y muerto con un poco de conciencia por ambos. Putas, representando sus mejores gritos y gemidos, bebiendo, jugando. E indios, Comanche en su mayor parte, saliendo del polvo rojo sangre como fantasmas del infierno, con sus ojos salvajes y cuerpos bronceados rígidos con el deseo de matar, mutilar y cortar el cuero cabelludo. Muchas noches había estado tumbado boca abajo detrás de un grupo de rocas, con su Winchester listo, solo para encontrar que el sol de la mañana traía la evidencia de otra incursión nocturna silenciosa. Hombres con la garganta cortada, el cerebro desparramado por la tierra.

Pero nada de esto lo preparó para lo que veía ahora.

Su hijo, Mario, cubierto sobre el lomo de un caballo, con el pelo rígido y enmarañado, la piel cetrina, ese horrible y repugnante agujero en la espalda tan grande... tan negro.

Se movió hacia esta escena como en un sueño, con pasos pesados, sus ojos registrando, pero sin creer. Su chico. Su vida. *Querido Dios, ¿por qué ha llegado a esto?*

Después de una pequeña pausa, durante la cual el único sonido fue su respiración entrecortada raspando su apretado pecho, presionó su rostro contra la camisa manchada de sudor de su chico, Reece, y lloró.

Nadie habló, nadie se atrevió. Este era el momento de Silas Scrimshaw, de nadie más. Incluso Manuela permaneció en un silencio reverente, retorciéndose las manos, las lágrimas rodando por su hermoso rostro, esos enormes ojos negros llenos de desesperación. Y Grimes se desplomó contra la pared, gimiendo, su cuerpo se derrumbó, un cuerpo viejo demasiado débil para soportar semejante dolor.

Por su parte, Reece permaneció inmóvil y abatido, deseando saber qué decir, deseando que fuera ayer, la semana pasada, el año pasado. Cualquier día menos aquí y ahora.

"¿Quién hizo esto?"

Las palabras sonaron amortiguadas, ya que el rostro de Silas todavía estaba incrustado en la camisa de su hijo.

Reece respiró hondo. "Fuimos al rancho. Cinco de nosotros. Mario, Martindale y... "

—Te pregunté quién lo hizo.

Reece volvió un rostro suplicante hacia Manuela y su voz, cuando llegó, sonó como el balido de un cordero perdido. "Diablos, papá, *no lo sé*".

—¿No lo sabes? Silas, agarrando con fuerza la camisa de Reece en sus manos, levantó la cabeza, exponiendo un rostro lleno de dolor mezclado con una rabia profunda que lo consumía. "¡Estuviste *allí*, maldita sea! *¿Quién diablos lo mató?*"

—Sucedió tan rápido que realmente no... Se detuvo, la mirada en los ojos de su padre le heló la médula de los huesos. Trató de dar un paso atrás, pero el viejo Silas era fuerte, su agarre inquebrantable.

Reece levantó las manos. "¡Pa, *por el amor de Dios*! Alguien disparó un tiro desde fuera de la cabaña y Mario cayó. Entonces todo se volvió una locura".

—¿Y tú? Silas soltó la mano y miró a su hijo a la cara. —¿Qué te ha pasado?

Reece se acarició la mandíbula, haciendo una mueca de dolor por la hinchazón. "Ese maldito sacerdote, me golpeó".

—¿Te golpeó?

—Si. Tomó mi arma y me dejó por muerto.

—¿Él te golpeó y tomó tu arma?

—Eso es lo que dije. Jesús, sucedió tan rápido. Martindale,

él... ah, mierda, un pistolero, como nunca lo había visto, lo hizo pedazos. Tres balas en el pecho, más rápido que mordida de cascabel.

—¿Y todo el tiempo el sacerdote te golpeaba?

Reece tragó saliva y lanzó otra mirada a Manuela, una mirada que le rogaba que le ayudara, que interviniera y le hiciera entender a Silas.

Pero Manuela no hizo nada.

Entonces Silas se movió. Para ser un anciano, se movía rápido y su fuerza era aterradora. Agarró a Reece por la garganta, estrangulándolo con una sola mano. Gritando y pateando, Reece tomó la mano de su padre con las suyas, pero ningún esfuerzo pudo arrancar ese agarre de acero. Con las rodillas dobladas, Reece se derrumbó, pero Silas no se relajó. Simplemente miró a su hijo con ojos asesinos ardiendo de odio.

Y nadie más se movió ni dijo una palabra, incluso cuando Reece colapsó inconsciente en el suelo.

Lentamente, Silas extendió sus manos temblorosas y rompió a llorar. Pero nadie habló. No por mucho, mucho tiempo.

CAPÍTULO VEINTIUNO

—Cosas muy maravillosas, ¿no?

Ritter tomó los binoculares de las manos de Nati y los estudió como si fuera la primera vez. "Sí, supongo que lo son".

Habían entrado en un pequeño paso entre grupos de rocas altísimas y Ritter había decidido subir a la cima de uno de ellos para tener una buena vista de la extensa llanura que los rodeaba. Mientras se acomodaba entre el pedregal y sacaba sus prismáticos de campo de fabricación alemana, Nati trepó a su lado, sin aliento, pero ansiosa. La miró y, no por primera vez, se perdió en sus grandes ojos negros. Su piel rica de color nuez moscada brillaba con salud, sus pómulos prominentes actuaban casi como un espejo, reflejando la brillante luz del sol. Ella lo sorprendió mirando y sonrió. Avergonzado, se volvió, se colocó los prismáticos en los ojos y casi de inmediato contuvo el aliento.

"¿Qué es?"

Le pasó los prismáticos y, después de presionarlos contra sus ojos y pasearlos de izquierda a derecha a través de la vista, ella también lo vio.

Polvo.

Jinetes.

Ahora, mientras ambos yacían allí, la voz de Merry les llegó desde abajo. "¿Puedes ver algo?"

—¿Debería decirle?

Ritter se encogió de hombros. "Necesitaré ese rifle tuyo".

—¿Vas a dispararles?

—Tengo que detenerlos si eso es lo que quieres decir.

—No es así.

Arqueando una ceja, sus ojos se posaron en sus labios. Un pequeño pensamiento aleatorio agitó su memoria, algo que había leído o escuchado, que mirar la boca de una persona cuando hablaba se suponía que significaba algo, pero qué, no podía recordar.

—¿Alguna vez has disparado un rifle desde esta distancia?

La voz de ella sonaba ronca, tal vez cubierta por la inhalación de polvo del paseo. Se había encaramado en el tablero de la carreta, sin bufanda ni sombrero, solo su espeso cabello negro, recogido en una cola de caballo, protegiéndola del sol. Observó sus labios mientras hablaba, luego se echó a reír y se volvió para ver la vasta extensión del país y las nubes de polvo que delataban la llegada de los jinetes. "Esperaré. Quizás no nos están siguiendo".

—Sabes que eso no es cierto.

El asintió. "Sí. Lo sé."

—¿Tú también puedes? Ella asomó la barbilla hacia sus perseguidores. —¿Disparar desde este rango?

—El tiempo lo dirá, —dijo él y rodó sobre su espalda. Se sentó. "Voy a buscar el rifle".

—*¿Puedes ver algo?* —preguntó Merry una vez más.

—Voy a buscarlo, —dijo Nati.

— El disparo que le hiciste al primer vaquero... La voz de él se fue apagando.

— Ese era Mario. Uno de los chicos de Scrimshaw.

—Ese fue un tiro increíble. Había querido que sonara como un elogio. La verdad era que pocas veces había visto un solo tiro tan bien hecho. Y ella nunca lo había mencionado desde entonces. Matar a un hombre. Eso no es algo normal para una mujer joven y atractiva que vive solo con su hermana menor como compañía. Quizás fue la violación lo que la había dejado tan fría, tan inquebrantable. Tal vez.

Sin responder, se recogió las faldas y se arrastró por la cima plana del acantilado y pronto desapareció sobre el borde, fuera de su vista. Él se sentó por un momento, considerando cómo podría convertir la siguiente ronda de conversación en cosas más significativas. Ella le gustaba. Le gustaba mucho. Y, sin embargo, había algo, una barrera de algún tipo, que le impedía o al menos le hacía dudar en preguntarle sobre ella... qué le gustaba, qué esperaba en la vida. Quizás, cuando todas estas tonterías hubieran terminado y Hardin estuviera en su tumba, incluso podría invitarla a salir. Demonios, incluso podría intentar robarle un beso.

Nati caminó hacia los demás, fue directamente hacia el caballo de Ritter y sacó el Rifle Sharp de su vaina. Comprobó la carga, metió la mano en una de las alforjas cercanas y empezó a colocar cartuchos adicionales en uno de los bolsillos de su vestido de trabajo.

—¿Qué está pasando ahí fuera? —preguntó Merry, incapaz de disimular la ansiedad en su rostro.

—Hay un grupo de jinetes que se acercan rápido.

—Oh, Dios mío, —dijo Grace, inconscientemente deslizando su brazo por el de Merry.

—¿Cuántos de ellos?

—Difícil de decir. Levantó un poco el rifle. "Ritter habló de detenerlos".

—¿Matándolos? La voz de Merry sonaba trémula y llena de incredulidad.

—Yo creo.

—¿No ha habido suficientes muertes? —preguntó, negando con la cabeza. Grace se apretó aún más contra él y él la rodeó con el brazo.

—No se va a detener, padre, —dijo Nati. —No hasta que los Scrimshaws estén enterrados. Tú lo sabes, yo también.

—Todo esto es culpa mía, —dijo el sacerdote, presionando los dedos de su mano libre contra sus ojos. Mientras apretaba, las lágrimas se filtraron.

—No. Todo esto tiene que ver con ese bastardo que le hizo lo que le hizo a Flo. Él es el culpable, padre.

—Perdí la calma. Yo nunca debería...

Nati se inclinó hacia delante y le apretó el brazo. "Me alegro que lo hayas hecho".

Dejando caer su mano, la miró con ojos enrojecidos y mojados por las lágrimas. "El perdón es lo que he predicado toda mi vida como sacerdote. Dejé que mi viejo yo tomara ventaja y este es el resultado".

—No, —dijo ella. —No. Tú no eres el que ha hecho mal. Esos Scrimshaws creen que pueden hacer lo que les dé la gana, a quien quieran. Bueno, eso no es así y se detiene aquí y se detiene ahora.

—Nati, —dijo Grace, su voz apenas un susurro, —¿qué te ha pasado?

Sus ojos se enfriaron. "Me he despertado, eso es todo. La pena es que se necesitó algo como esto para hacerme abrir los ojos y ver lo que había que hacer".

—¿Matar? —dijo Merry.

Ella giró la cabeza hacia el sacerdote. "Si es necesario. No hay vuelta atrás después de lo que hizo ese bastardo. ¿Crees que él habría aceptado tu paliza y habría cambiado sus costumbres?"

—No lo sé. Tal vez. Si no hubiera...

—Si no lo hubiera hecho, habría vuelto por más. Y más. Y habría seguido viniendo hasta que le dispare, ¿y luego qué? Reece y Mario habrían venido, como lo hicieron, pero Ritter no estaría aquí, y tú tampoco. Estaríamos muertos, padre. Después de que todos ellos nos violaran. Se colocó la palma de una mano en el ojo e inhaló ruidosamente. "No, este es el mejor resultado para todos nosotros. Créame, padre, a veces hay que hacer lo impensable para vivir".

Otro olfateo y se dio la vuelta y regresó a la pared rocosa, subiendo la empinada ladera sin mirar atrás.

Ritter giró la cabeza cuando Nati se acercó a él. "Te tomaste tu tiempo."

—El padre Merry estaba dando uno de sus sermones. Manipuló el rifle, introduciendo un cartucho en la brecha. —Tuve que corregirlo en algunas cosas. Ella sonrió. "¿Cuántos?"

—Cuatro.

Tomó los prismáticos y los miró. Ahora eran claramente visibles, el anciano Scrimshaw al frente, y el hombre aún mayor a su lado, y otros dos jinetes en polainas y Stetson de ala ancha. "¿Puedes disparar, Ritter?"

—Puedo probar.

—Eso no es lo suficientemente bueno. Si falla, correrán a cubrirse y luego se abrirán camino a nuestro alrededor, así como al frente. Nos embotellarán en el paso sin salida.

—Parece que sabes mucho sobre esto.

—Pa estaba en el ejército. Me dijo algunas cosas. Supongo que era el hijo que nunca había tenido.

—Eres el hijo más bello que he visto. Sus palabras lo tomaron desprevenido, estallaron como por su propia voluntad, miró hacia otro lado, y el calor subiendo a sus mejillas.

Ella soltó una pequeña risa.

—En otro momento, Ritter... ¿quién sabe?

Para hacer algo, él se quitó los guantes y extendió las manos. "Déjame hacer un disparo".

—Es demasiado arriesgado.

—Entonces, ¿qué diablos propones?

Ella Inclinó la cabeza, sus ojos planos, sin emoción. "Lo haré yo."

CAPÍTULO VEINTIDÓS

Con la primera salpicadura de agua fría en su rostro, Reece se sentó muy erguido, sus manos ahuyentaron salvajemente a los atacantes invisibles mientras luchaba por escapar.

—Reece, —dijo, presionándolo hacia abajo con sus fuertes manos cerradas alrededor de su hombro, —Reece, está bien, se acabó.

Parpadeando, miró a la cara de Manuela y fue como si el mundo entero hubiera sido reemplazado por la belleza de sus rasgos. En una oleada de alivio y gratitud por estar vivo, la rodeó con los brazos y la atrajo hacia sí. Ella lo abrazó y se besaron, el fuego de su pasión empujando cualquier otra emoción, miedo y pensamiento muy, muy lejos.

Después de mucho tiempo, lo presionó suavemente sobre la cama y examinó su garganta, frotando las ronchas levantadas, usando un paño húmedo que sumergió en el cubo que estaba junto a la cama.

La miró, mordiéndose por las punzadas agudas de dolor cuando el agua tocaba las áreas sensibles de la carne rota e hinchada. "¿Por qué no lo detuviste?"

El tono agudo y quebradizo de su voz hizo que se detuviera y lo miró a los ojos sin pestañear. “¿Qué me habrías querido que hiciera? ¿Dispararle?”

—Tal vez. Podrías haber hecho algo.

—Era como un hombre en llamas, consumido por la ira, incluso por el odio.

—Si. Odio. Para su hijo.

—Un hijo al que había repudiado.

—Oh, ¿eso es todo? ¿Esa es tu razón? ¿Por qué ya no me consideraba su hijo?

Soltando el aliento a toda prisa, arrojó el paño a la fuerza en el cubo, haciendo que el agua cayera por el borde. “Si yo hubiera hecho cualquier cosa, él habría sospechado de algo”.

—Oh, ¿y no crees que él ya lo sospecha? ¿Tus cabalgatas al atardecer por la pradera? ¿No crees que él sabe adónde vas?

—¿Cómo pudo? Y si lo hiciera, seguramente te mataría.

—Eso fue lo que intentó hacer antes.

El comportamiento de ella cambió de la exasperación a la consideración y finalmente a la deflación. Con los hombros caídos y pesados, se dio la vuelta y se acercó a la ventana medio cerrada. Abriendo una de las contraventanas gemelas, miró a través del rancho Scrimshaw, perdida en sus pensamientos.

—Recogeré el ganado que he estado extrayendo, —dijo Reece, —luego nos largaremos de aquí. Es lo que siempre planeamos hacer. Ahora es nuestra oportunidad.

Sin volverse, siguió mirando a lo lejos. “Una vez que haya matado al sacerdote y se dé cuenta de lo que hemos hecho, vendrá a por nosotros. No se detendrá hasta encontrarnos”.

—Nos dirigiremos a México. No nos seguirá allí.

Ella se dio la vuelta, mirándolo. “¡Escúchate a ti mismo! Nos seguirá hasta las puertas del infierno si es necesario, y lo sabes”.

—Una cosa es segura: no podemos quedarnos aquí.

—Nosotros tampoco podemos correr.

Reece soltó un fuerte suspiro y se sentó. Con cuidado, tocó la tierna piel de su garganta magullada con las yemas de los dedos y los estudió pensativamente. Finalmente, en voz baja y seria, dijo:

"Entonces, solo hay una solución". Haciendo una leve mueca, volvió la cabeza para mirarla directamente. "Lo mataré cuando regrese".

El silencio se desarrolló como un abismo entre ellos y, cuando brotaron las primeras lágrimas, miró de nuevo a la extensión del rancho y murmuró por fin: "¿Crees que puedes?"

—No tengo elección.

—Todos los agentes de la ley del condado seguirán nuestro rastro. Tiene a todo el mundo en el bolsillo, lo sabes.

—Sí, pero no pueden ir a México.

Asintiendo, cerró los ojos y se preguntó por qué la vida, incluso en sus momentos más suaves, estaba siempre teñida de dolor y tristeza.

CAPÍTULO VEINTITRÉS

Algo brilló a través del aire espeso y caliente de la tarde, un sendero al rojo vivo se dirigió hacia el pequeño grupo de jinetes y Scrimshaw gritó, su cuerpo se retorció cuando el fuerte impacto lo golpeó con un poder tremendo. Incluso antes de que se resbalara de la silla, el sonido del disparo resonó en el vasto y vacío paisaje.

Grimes reaccionó primero, con la boca abierta en una amplia y aterrorizada mirada. Gritando el nombre de su amado maestro, saltó, intentó y no pudo atrapar a Scrimshaw antes de caer al suelo, luego estalló en una serie de balidos y aullidos que sonaron como los gritos de una bestia herida en la llanura.

Scrimshaw yacía de espaldas, parpadeando hacia el cielo, mientras el desconcierto, seguido de la conmoción, lo apretaba como un tornillo de banco. "Oh, Dios", suspiró él.

—Espere, señor Scrimshaw, señor —dijo Grimes. Se puso en cuclillas junto a su maestro, mirando con incredulidad la mancha carmesí que se extendía lentamente por el pecho de Scrimshaw. A su alrededor, los otros dos hombres estaban agachados y se dirigían a cubrirse, con las armas en la mano.

—¡Tráeme agua! —gritó el viejo criado, pero ninguno de los vaqueros estaba de humor para ofrecer ayuda, la supervivencia propia era su única preocupación. "Bastardos", respiró Grimes. Se quitó el pañuelo, aflojó el cuello de Scrimshaw y presionó el trozo de tela sobre la herida. Scrimshaw siseó, arqueando la espalda. Tomando la mano de su amo, la guio hacia el agujero en la camisa del hombre. "Sujétese fuerte, Sr. Scrimshaw, señor".

—¿Qué diablos pasó?

—Le han disparado. Espere, traeré un poco de agua.

—¿Disparo? Scrimshaw negó con la cabeza, labios temblorosos, buscando la amplia extensión de cielo blanco sobre él. "*¿Disparo?*"

Grimes se puso de pie y la bala lo alcanzó en la parte baja de la espalda. Gritó, agarrándose instintivamente las manos al punto de entrada cuando el sonido de la bala de gran calibre siguió menos de un segundo después.

Cayendo de rodillas, Grimes miró hacia los caballos. Los cuatro estaban asustados, pateando el suelo, el terror se extendía de uno a otro, infectándolos con toda la rapidez de una enfermedad antigua e irresistible.

—*Ah*, Dios, —dijo Grimes con voz ronca, extendiendo la mano hacia los animales aterrorizados. Incluso mientras se movía, sabía que era inútil. Sus fosas nasales estaban muy abiertas, sus ojos giraban y todos parecían estar a punto de estallar en una salvaje estampida. "Willis", gruñó, "Willis, no los dejes escapar".

Pero Willis no estaba a punto de salir de la cobertura y cuando Grimes se volvió para mirar directamente al vaquero, vio el miedo en sus ojos y aceptó la desesperanza de todo y supo que nada bueno iba a salir de esta situación.

Detrás de él, Scrimshaw gimió y Grimes deseaba tanto ayudar, como lo había hecho toda su vida, el fiel y constante servidor, su amor total por su amo. ¿Era demasiado pedir por unos momentos más? ¿Un último esfuerzo para llevar agua a los labios del hombre al que idolatraba?

Era demasiado pedir y, incluso mientras intentaba reunir sus fuerzas, su vida se le fue rápidamente y se tiró sin vida al suelo.

Nati hizo una pausa para secarse el sudor de la frente, soltó el aliento y empujó el siguiente cartucho por la brecha. A su lado, Ritter frunció los labios y bajó los prismáticos. "Fueron dos tiros impresionantes".

—Sólo uno de ellos está muerto.

—¿Qué hay de los dos vaqueros?

—Pueden pudrirse por lo que a mí respecta. Lamiendo sus labios, levantó el rifle y entrecerró los ojos por el cañón. "Voy a enviar un tiro junto a los caballos y asustarlos lo suficiente como para obligarlos a correr".

—Sin caballos, morirán aquí.

—Exactamente.

La parte superior de su cuerpo se sacudió ligeramente cuando soltó el tiro. Una nube de polvo reveladora se elevó cerca de los cascos del caballo líder y de inmediato se encabritó, su grito de miedo atravesó toda la llanura abierta. En un abrir y cerrar de ojos, todo el grupo de animales se lanzó en una loca carrera hacia la seguridad imaginada, brincando y pateando mientras avanzaban, enviando grandes nubes de arena para disfrazar parcialmente su vuelo.

Sin embargo, no hubo manera de disfrazar las reacciones de los dos vaqueros. Sin preocuparse por su propia seguridad, ambos se pusieron al descubierto, agitando los brazos y agitando los sombreros en un intento desesperado de frenar, si no detener, a los caballos.

Fallaron y Ritter se rio entre dientes mientras los miraba a través de los prismáticos.

Nati introdujo el siguiente cartucho, trabajando con lenta y metódica precisión. "No puedo dispararle bien a Scrimshaw porque está parcialmente escondido, pero puedo poner una bala en la parte interna del muslo. Se desangrará en una hora y podemos olvidarnos de él".

Con los binóculos todavía pegados a su rostro, Ritter soltó un silbido silencioso. "Debes estar justo en el borde del alcance de ese rifle. ¿Crees que puedes hacerlo?"

—Lo he hecho hasta ahora, ¿no crees?

—Más qué eso, pero esto va a ser más difícil. Tienes unas seis pulgadas de una pierna para disparar.

Ella gruñó, apuntó con cuidado y disparó.

La bala de gran calibre tardó poco más de un segundo en cruzar mil metros hasta su objetivo.

Nati bajó el rifle lentamente, lo miró y Ritter, dejando a un lado las gafas, la miró detenidamente. “Eso es todo,” dijo y suspiró. “Eres una mujer increíble, Nati”.

Ella no reaccionó en absoluto. “Ahora podemos continuar nuestro camino sin miedo”, dijo y se puso de pie.

Él la siguió, pero, antes de que pudiera dar otro paso, extendió la mano y la tomó del brazo, la hizo girar hacia él y la besó con fuerza.

Ella no se resistió. Sus labios se fundieron con los de él, el rifle se deslizó al suelo a sus pies, ya no era necesario, su trabajo está hecho.

CAPÍTULO VEINTICUATRO

—Nos dirigiremos hacia el sur por la mañana, —dijo Merry, mientras miraba a los demás bajar de la cima de la roca. Ambos parecían sin aliento, no solo por la escalada, supuso Merry. "¿Asumo que está muerto?"

—Todos morirán muy pronto, —dijo Ritter, cruzando hacia su caballo y desatando su cantimplora. Sacó el tapón y se lo ofreció a Nati primero, quien lo tomó y bebió profundamente antes de devolvérselo al pistolero.

—La mujer de Hardin vive justo dentro de la frontera mexicana, —dijo Merry. —Creo que estaremos unos dos días detrás de él, ahora que no tenemos que apurarnos. Para cuando los agentes de la ley se enteren de la muerte de Scrimshaw, estaremos bien encaminados.

—Es a usted a quien culparán de la muerte del anciano, —dijo Nati.

Todos la miraron, pero nadie habló. La verdad de sus palabras era indiscutible. Merry asintió y le lanzó a Grace una mirada rápida. "Lo sé." Su boca se arrugó en una pálida sonrisa. "Puedo vivir con ello."

—¿Estás seguro?

—No habría podido quedarme aquí, de todos modos, —dijo

el sacerdote. Grace se acercó a él y la abrazó, envolviendo sus brazos alrededor de su cintura.

—¿Qué vas a hacer, padre? —preguntó Ritter. —Nada de esto es tu pelea. No me debes nada, y ahora estamos todos en la mierda juntos.

—Yo ya estaba en él, mucho antes de que aparecieras.

—Pero conocías a Hardin, no tienes problemas con él. Ritter respiró hondo, con las manos en las caderas y pateando el suelo con la punta de la bota. "Supongo que lo que estoy tratando de decir es que, con Scrimshaw fuera del camino, podría ser mejor para ustedes dos que se pongan en marcha por su cuenta".

—El viaje hacia el sur será largo y estará plagado de peligros, —dijo Merry. "Te necesitamos con nosotros. No siento nada por Hardin. Nos cruzamos, eso es todo. Lo que está decidido a hacer es asunto suyo. Encontraremos algo cuando lleguemos. Ganarse la vida a duras penas, empezar de nuevo".

—Tengo dinero, —dijo Grace. Todos la miraron con sorpresa. Ella sonrió. —Mi profesión anterior pagó bien y he tenido cuidado.

En la carreta, Florence estalló en una sonora carcajada. Pareció aliviar el mal humor y todos se dedicaron a sus asuntos, preparando sus diversos caballos. Nati cruzó y trepó junto a su hermana.

Cuando Grace se acercó a ellos, Merry caminó hacia Ritter justo cuando el pistolero estaba a punto de subirse a su silla. "¿Estás seguro de que está muerto?"

—Él lo estará. Ella le disparó en el muslo, y ambos sabemos lo que eso significa.

El sacerdote se detuvo y se quedó boquiabierto. "*¿Ella?* Supuse que eras tú quien..."

—Ella lo hizo todo.

—¡Dios mío! Merry jadeó, mirando hacia Nati. "Lo que le pasó a Florence la ha cambiado".

—Nos ha cambiado a todos, padre.

—No tú. Merry sostuvo los ojos del pistolero. "Estás acostumbrado a matar, pero las chicas..."

—Uno pensaría que lo había estado haciendo toda su vida, por la forma en que los sacó. Dijo algo sobre su padre y la guerra. Cómo le enseñó a disparar.

—Eran tiempos peligrosos.

—Todavía lo son. La guerra sigue produciendo sus horrores, padre. ¿Conociste a Hardin en ese entonces?

—No, él era solo un niño. Me encontré con él algunos años después, cuando era un novato, un par de meses antes de tomar mis votos. Votos que ahora he roto de verdad.

—Lo que hiciste fue perfectamente comprensible.

—Sí, pero todo lo que ha sucedido a su paso... nunca me lo perdonaré. Él se encogió de hombros y suspiró. "Debería haberlo dejado tranquilo".

—¿Para qué ese bastardo pudiera hacerlo todo de nuevo? Nadie lo iba a llevar a la justicia.

—Aun así...

—Bueno, —dijo Ritter y se acomodó en la silla, —es lo que es y tiene un final. Se adelantó y acarició el cuello de su caballo. "Lo hecho, hecho está, padre. No hay nada que ninguno de nosotros pueda hacer al respecto ahora. Nos dirigiremos a México, puedes indicarme la dirección de Hardin, y eso será todo".

"Es peligroso".

Asintiendo, Ritter se ajustó el sombrero y bajó el ala hasta que sus ojos quedaron en una profunda sombra. "Yo también lo soy, padre. Yo también", y movió las riendas y se adelantó a la carreta, que Nati condujo lentamente detrás de él.

CAPÍTULO VEINTICINCO

En la mañana del segundo día, Tobías Scrimshaw se puso de costado, parpadeó, abrió los ojos y se humedeció los labios secos. "Necesito un trago", gimió. Sacó las piernas de debajo de las sábanas y se sentó. Arrugó la cara, miró las vendas envueltas alrededor de su caja torácica, luego se tocó la nariz con cautela con los dedos. Se sentía extraño y deformado bajo su toque.

"Mierda, me siento como si me hubiera atropellado un tren de carga". Fue a ponerse de pie y siseó cuando una punzada de dolor lo obligó a retroceder nuevamente.

—No deberías moverte demasiado, —dijo el hombre corpulento que entraba apresuradamente por la puerta principal. Sus mangas estaban arremangadas más allá de sus impresionantes bíceps, y sus manos goteaban agua como si acabara de terminar de lavarse. Puso su palma del tamaño de una sartén contra el pecho de Tobías y lo ayudo a volver a meterse en la cama.

—Estoy bien, —dijo Tobías, pero no lo sintió. Un silbido reverberó entre sus oídos y sus costillas le dolieron más de lo que hubiera temido creer.

—No luces nada bien".

Tobías abrió un ojo y consideró tamaño del hombre que estaba junto a él. "¿Dónde diablos estoy?" preguntó Tobías

—Estás en mi consulta. Soy doctor. Te reparé lo mejor que pude, pero si vas corriendo como un novillo salvaje, terminarás en un sanatorio.

—¿Un médico? ¿Una cirugía? ¿Qué demonios?

—¿No recuerdas nada?

Sacudiendo la cabeza, Tobías hizo todo lo posible por echar su mente hacia atrás. "Vagamente. Recuerdo estar en el bar antes de emborracharme. Mario y yo, algunos de los chicos, bebimos como si no hubiera mañana".

—¿Recuerdas quién te golpeó?

Una imagen vaga, parecida a un fantasma, apareció detrás de sus ojos, carente de todo sentido de forma y fisiología. "No. Recuerdo sentirme como si me hubiera golpeado con una mandarria". Inconscientemente pasó las yemas de los dedos por su mandíbula todavía hinchada. "Pero qué demonios fue realmente, no tengo ni idea".

—¿Recuerdas a la niña?

—¿Niña? ¿Cuál niña?

El hombretón respiró hondo. "¿La que violaste?"

—¿La que violé? ¿Qué diablos quieres decir con eso?

—Que digo. Esa fue la razón por la que te golpearon salvajemente. Molestaste a mucha gente con lo que hiciste.

Tobías cerró los ojos, recordando. Algunas de las apariciones tomaron forma, solidificándose frente al ojo de su mente. "No. Ni una maldita cosa". Miró al médico. "Quiero agradecerle, Doc. Supongo que estaba mal".

—Estabas. Estaba obligado por el honor a cuidarte, aunque hubiera preferido verte desangrarte en la cuneta.

—Por Dios, Doc, Tobías giró la cara. —Será mejor que vuelva al rancho de mi padre. Se preocupará por mí.

—Dudo que lo haga.

—¿Eh? Apretando los dientes, Tobías se sentó y tomó varias respiraciones cortas para estabilizarse. "Creo que lo hará. Necesito vestirme."

—Necesitas descansar.

—No, maldita sea, he descansado lo suficiente. Necesito volver al rancho, hablar con Mario. Todo este asunto es un montón de mierda y tengo que arreglarlo. Pásame mis pantalones.

El médico así lo hizo, arrojando la ropa de trabajo aún sucia, junto con el cinturón de Tobías. Gruñendo por el esfuerzo, Tobías salió de la cama y se vistió dolorosamente. Todo el tiempo, el médico lo observaba, su rostro en blanco, su boca una línea delgada, pero su evidente disgusto por el hombre herido frente a él se filtraba por todos los poros.

Tobías se ajustó el cinturón y comprobó su Navy Colt modelo de conversión, contando los cinco cartuchos cargados. Él, al igual que muchas personas, consideran una precaución de seguridad dejar el martillo sobre una cámara vacía. "¿Cuánto le debo, Doc?"

—Sólo sal de mi cirugía, —dijo el médico. —Eso será suficiente pago.

—Si tú lo dices.

—Así lo haré. Tu caballo está en el interior del establo. Un joven amigo tuyo te trajo sobre él. No recuerdo su nombre. Dijo que volvería, pero nunca apareció.

—Oh. Tobías frunció los labios, estudiando su arma como si fuera la primera vez. "¿Qué quisiste decir cuando dijiste que no creías que mi padre se preocuparía por mí?"

El médico respiró hondo de nuevo. "Bueno, también puedo decirte, ya que toda la ciudad está llena de noticias". Bajó un poco la cabeza para mirar a Tobías desde debajo de sus cejas pobladas y aparentemente preocupadas. "Tu padre está muerto. De un Disparo".

Si la confusión y la irritación habían conspirado para causarle un estrés severo, no eran nada comparados con lo que Tobías sentía ahora. Se tambaleó hacia atrás, buscó a tientas la cama y se dejó caer sobre ella, con la boca abierta, la incredulidad amenazando con abrumarlo. "¿Qué demonios...?"

—Lo encontraron en el campo. Él y un tipo viejo y reseco, y

dos vaqueros, uno de los cuales estaba muerto. El otro contó la historia, una vez que se recuperó. El sacerdote, el llamado Merry, lo había hecho.

—¿El cura...?

—El mismo hombre que te golpeó a una pulgada de tu vida. Un hombre de Dios, aunque lo que Dios pueda seguir está más allá de mí.

Mecido por una fuerte sacudida de dolor, Tobías se lanzó hacia adelante, su arma cayó al suelo olvidada, sus manos fornidas se golpearon la cara. Mientras se balanceaba hacia adelante y hacia atrás, emitió sollozos tan poderosos que cualquiera que estuviera al alcance del oído podría pensar que lo romperían.

Los minutos pasaban.

Tobías, sus pensamientos nublados por la imposibilidad de las palabras del médico, permitió que su conmoción y su miseria siguieran su curso, al menos por el momento. Su padre siempre fue un anciano duro y amargado, pero hubo momentos en el pasado en los que había mostrado bondad, incluso humor. Tiempos en los que el mundo parecía un buen lugar, un lugar agradable y apacible en el que todo tipo de sueños y ambiciones eran posibles.

—Cuando mamá murió, —dijo, murmurando entre sus dedos, —yo no era más que insignificante. Quizás de cuatro años de edad. La enterró y recuerdo junto a la tumba, todos rezamos, e incluso entonces tenía a la madre de Mario a su lado. Arrastró las manos de su rostro. —Pero nunca dejé de amar a ese viejo bastardo. Me dio casi nada, dejando toda la responsabilidad a Mario. Reece y yo fuimos los que quedamos fuera, pero nunca llegamos a él y a mí. Mario, era como el padre que debería haber tenido.

Bueno, él también está muerto.

Las palabras del doctor sonaban como si las arrastraran a través de un río de melaza, tan largo, alargado y espeso que eran.

—¿Qué demonios...? ¿Qué me estás diciendo, hijo de perra?

—Te estoy diciendo cómo es. Es mejor que lo sepas ahora, en lugar de ir a un salón para escucharlo de la boca de un borracho ingrato.

—*¿Qué?*

Se miraron el uno al otro, un abismo entre ellos, un abismo de desconocimiento. Luego, en una salvaje ráfaga de movimiento, Tobías se agachó y barrió el Colt. Disparó tres tiros al médico, tiros a ciegas, sin apuntar, todo su dolor y rabia reprimidos se centró en ese único acto de violencia. Los disparos resonaron alrededor de la pequeña sala de cirugía, cada bala impactaba en la mayor parte del torso del médico, lo inmovilizaba y lo enviaba a estrellarse contra un botiquín que estaba contra la pared del fondo. La agarró en un esfuerzo inútil por mantenerse en pie, pero Tobías le dio las dos últimas balas en la espalda y se deslizó hacia un lado, la sangre goteaba de sus heridas. Se dobló, quedándose quieto, el olor a pólvora espeso en el aire, el único sonido era la respiración agitada de Tobías.

Permaneció de pie sobre el cuerpo durante mucho tiempo, una fina espiral de humo azul saliendo del cañón de su arma, y supo en ese mismo momento que perseguiría al sacerdote y terminaría con su miserable existencia así le tomara el resto de su vida para hacerlo.

Fin de la primera parte

Querido lector,

Esperamos que hayas disfrutado leyendo *Razones Sangrientas*. Tómese un momento para dejar una reseña, incluso si es breve. Tu opinión es importante para nosotros.

Atentamente,

Stuart G. Yates y el equipo de Next Chapter

Razones Sangrientas
ISBN: 978-4-86747-255-2

Publicado por
Next Chapter
1-60-20 Minami-Otsuka
170-0005 Toshima-Ku, Tokyo
+818035793528

18 septiembre 2021

www.ingramcontent.com/pod-product-compliance
Lightning Source LLC
LaVergne TN
LVHW101923220826
846093LV00009B/348

* 9 7 8 4 8 6 7 4 7 2 5 5 2 *